청소년을
위한
소설심리
클럽

# 마음먹다

초판 1쇄 펴낸날  2012년 10월 8일
초판 8쇄 펴낸날  2020년 12월 7일

지은이 | 김이윤 노경실 이명랑 이상권 이시백 정미
펴낸이 | 홍지연

기획 | 청소년온라인문학관 글틴
편집 | 김영숙 소이언 정아름 김선현
디자인 & 아트디렉팅 | 정은경디자인
디자인 | 남희정 박태연
영업 | 이주은
홍보 | 최은 위세윤
관리 | 김세정
인쇄 | 에스제이 피앤비

펴낸곳 | ㈜우리학교
출판등록 | 제313-2009-26호(2009년 1월 5일)
주소 | 03992 서울시 마포구 동교로23길 32 2층
전화 | 02-6012-6094
팩스 | 02-6012-6092
홈페이지 | www.woorischool.co.kr
이메일 | woorischool@naver.com

ISBN 978-89-94103-43-3 44810
     978-89-94103-36-5 44810 (전5권)

청소년을
위한
소설심리
클럽

테마4

성취와
좌절

마음
먹다

김이윤
노경실
이명랑
이상권
이시백
정 미
지음

우리학교

아이들이 아프다.

태어나기도 전 엄마 뱃속에서부터 경쟁을 배우고, 초등학교에 입학하기 전부터 학원을 몇 개씩 다녀야 한다. 교실에서는 친구를 밟고 일어서야 자신의 존재를 드러낼 수 있다. 이긴 자만이 살아남는 것을 당연히 여기는 한국 사회에서 아이들 머리 위로 자살과 왕따, 성폭력의 어두운 그늘이 드리우는 것은 어쩌면 당연한 일이다.

그러나 동시에 아이들은 저마다의 삶에서 가장 순수하고 에너지 넘치는 시기를 지나고 있다. 오직 십 대만이 가질 수 있는 생기와 발랄함으로 아이들은 숨 돌릴 틈조차 없는 무거운 일상을 끌어안고 헤쳐 나가고 있다.

십 대들의 푸르고 날것 그대로인 고민을 수다 떨 듯 유쾌하게 이야기해 볼 수는 없을까? 아이들 스스로가 가진 내면의 힘으로 자기 자신을 위로하고 치유하게 할 수는 없을까? 한국문화예술위원회가 운영하는 청소년 문학사이트 글틴(http://teen.munjang.or.kr)에 연재한 〈청소년을 위한 소설심리클럽〉은 이러한 고민에서 비롯되었다.

갈등 상황에 놓여 있는 아이들은 어른들의 충고나 조언을 '잔소리'로 알아듣기 쉽다. 마음의 문을 닫아 버린 아이들에게 비슷한 갈등 상황에 처한 친구의 이야기를 들려주는 것은 섣부른 충고보다 훨씬 큰 도움이 될 수 있다. 아이들의 아픔에 귀를 기울이고 있는 청소년 작가들에게 도움을 요청하였다. 아이들이 처한 크고 작은 갈등과 고민을 예민하게 포착하여 소설에 담아 달라 하였다. '현실의 문제점을 드러내고 반성하는 이야기도 아니고 아이들을 계몽하기 위한 이야기도 아니다. 아이들이 정서적 공감대를 느낄 수 있는 주인공을 통해 아이들이 자기 자신의 모습을 발견할 수 있게 해 달라'는 당부를 곁들였다.

그렇게 모인 소설들에 오랫동안 아이들과 교감을 나누어 온 교사들이 소설을 읽고 난 후에 함께 해 볼 수 있는 활동을 구성하였다. 주인공은 왜 괴로워하는 것인지, 주인공을 나와 견주어 보면 어떠한지 질문을 던져 봄으로써 문제를 해결해 나가는 실마리를 찾을 수 있도록 하였다.


"나다운 건 뭘까?", "내 삶은 앞으로 어떻게 펼쳐질까?"와 같은 제법 묵직하고 철학적인 고민에서부터 "머리를 기르고 싶은데", "짜증나는 친구와 절교를 해야 하나?"처럼 일상적이고 소소한 고민에 이르기까지 청소년기는 크고 작은 고민과 갈등으로 점철된 시기이다. 성장기의 고민은 삶을 살아가는 데 없어서는 안 되는 자산이자 어른이 되기 위해 누구나 마땅히 치러야 하는 값진 통과의례이기도 하다. 이 시기를 통해 청소년들은 '나'라는 자아의 윤곽을 만들어 가고 또 앞으로 살아

책을 펴내며

야 할 삶의 방향 또한 결정하기 때문이다. 그러나 그 '값'은, 다른 한편
으로는 '상처'의 값이기도 하다. 성장통은 누군가가 말했듯 그 시기를
통과한 사람들에게는 가벼운 한때의 홍역처럼 여겨질지 몰라도 고민
의 복판에 서 있는 아이들에게는 우주의 무게와 맞먹는다.

어떤 고민을 가진 아이들이든 〈청소년을 위한 소설심리클럽〉에서
"이건 내 문제랑 똑같은데."라며 공감할 수 있는 작품을 만나게 될 것
이다. '성장'이라는 외로운 터널을 지나는 아이들에게 이 책이 따뜻한
위로와 격려가 되어 주길 바란다.

온라인 청소년 문학관 〈글틴〉 편집위원
박상률, 김주환, 좌백

|차례|

((\*\*

# 개대신
# 남친

- 이상권

》

어떤 것에 늘 마음이 쏠려 잊지 못하고 매달릴 때 우리는 '집착(執着)'한다고 말합니다. 어떤 사람들은 돈에, 어떤 사람들은 명예에, 어떤 사람들은 외모에, 또 어떤 사람들은 사랑에 집착합니다. 어른들은 청소년들이 게임이나 메신저에서 헤어 나오지 못한다고 걱정하고, 브랜드 옷이나 최신형 스마트폰 따위에 집착한다고 나무랍니다. 반대로 자녀의 성공에 온 힘을 쏟는 부모님들의 모습이야말로 집착이란 말에 딱 맞아떨어지는 것 같습니다. 사람들은 여러 가지 이유로 집착합니다. 원하는 걸 가질 수 없을 때, 허전한 마음을 달래고 싶을 때, 또 그 대상이 너무 귀하고 소중할 때…….

여러분은 무슨 이유로 어디에 집착하나요? 소설에는 애완동물에만 마음을 여는 찬수, 찬수만을 바라보고 사는 찬수 엄마, 가족들의 반대 속에 고양이에게 심하게 집착하는 병수, 그리고 대한민국 고3으로 살아가며 공부에 집착하는 선민이가 등장합니다. 이들은 왜 집착할까요? 성취의 대용물로, 또는 현실 도피의 방법으로 집착하는 걸까요? 그런데 집착이란 것이 꼭 나쁘기만 한 걸까요? 소설을 읽으며 우리의 마음을 꼭 잡아두는 '집착'이 어떤 비밀을 감추고 있는지, 집착의 이면에는 어떤 진실이 숨겨져 있는지 생각해 봅시다.

◇◇◇

　내 몸에서 풀이 돋아날 것 같은 봄날, 가만히 있으면 풀이랑 나무의 목소리가 들려올 것 같은 봄날, 일 년 중 딱 이맘때 봄날 중의 봄날, 꽃보다 잎새가 예뻐 보이는 며칠 중의 하루.

　토요일이라지만 집 안은 조용하다. 고3인 딸은 독서실에서 졸음과 대치 중이라는 메시지를 한 번 타전했을 뿐 더 이상 연락도 없고, 아내는 구석방에서 뒤늦게 겨울옷을 설거지한다고 꼼지락꼼지락하고 있을 뿐, 집 안을 염탐하는 바퀴벌레 한 마리 구경할 수 없다. 친구 아버지 칠순 잔치에 다녀온 나는 텔레비전을 보다가 졸다가 다시 눈을 떠서 신문 뒤적거리기를 되풀이하면서 일찍 들어온 것을 후회하고 있었다. 몇몇 친구들이 2차를 가자고 잡아끌었으나 그다지 살가운 얼굴들이 아니어서 이러저러한 핑계를 대면서 집에 왔는데, 이상하게도 입만 궁금해지고 잠도 오지 않고 자꾸만 누군가의 목소리가 기다려졌다. 봄이라서 그런가. 누구 불러내서 술이나 한잔할까, 그런 궁리를 해봐도 딱히 만만하게 떠오르는 얼굴이 없었다.
　냉장고 문을 열었다. 딸이 먹다 남은 사이다 병이 몸을 웅크리고 있다. 나는 김이 빠져서 사이다도 아니고 맹물도 아닌 그 어정쩡한 액체를 목구멍에다 털어넣다가 얼굴만 찌푸렸다. 나비들이 그런 나를 보았다면 "이 좋은 봄날 왜 그러슈?" 하고 타박했을 것이다. 막걸리라도 있으면 궁금한 입이랑 자꾸만 허둥거리는 내 발을 한꺼번에 붙잡을 수 있었을 텐데. 아내에게 술이나 한잔하러 가자고 말을 붙이려고 하다가 화들짝 놀라며 뒤돌아보았다.

"정말 안 내놓을 거야! 너 정말 엄마 죽는 꼴 보고 싶어! 이제 엄마 말을 알아들을 나이도 됐잖아. 덩치는 소만 한 놈이…… 낼모레 고등 학교 갈 놈이……."

카랑카랑한 여인의 목소리가 내 고막을 마구 흔들어 댔다. 찌그러질 대로 찌그러진 깡통 속에 들어가서 흔들리는 기분이었다. 나는 잠깐 눈을 감고 머리를 흔들다가 천천히 베란다로 가서 밖을 내다보았다.
여인은 내가 사는 연립 주택 화단에 쪼그려 앉아 있는 아이를 손바닥으로 내리치고 있었다. 아이는 뭔가를 움켜쥔 주먹을 가슴에다 품고는, 얻어맞을수록 똘똘해지는 팽이처럼 버티고 있었다. 우습게도 아이의 가슴을 열기에는 여인의 힘이 무용지물로 보였다. 다른 자물쇠가 있어야지 힘으로는 아이를 제압할 수 없었다.
"어서 내놔. 어서 안 내놔! 어서어! 너 정말, 너, 너, 너어……."
급기야 여인은 다른 수단을 강구하였다. 여인이 주변에서 주운 막대기를 쥐고 오면서부터 사태는 싱거워졌다. 아이는 막대기로 몇 대 맞자마자 비명을 지르면서 무엇인가를 떨어뜨렸다.
"이놈의 새끼, 어디 더 해 봐! 그렇게 말했으면 알아들어야지. 이게

개 대신 남친

뭐야. 동네 망신 다 당하고……."

여인은 아이가 떨어뜨린 무엇인가를 집어 들고는 연립주택 아래쪽으로 사라졌다. 아이는 그 자리에서 작은 바위가 되어 눈물만 흘렸다. 나이에 비해 체구가 작은 아이였다.

여인은 내가 살고 있는 연립 주택 옆 동에 사는 찬수 엄마였다.

아내와 찬수 엄마는 언니 동생 하는 처지였다. 참으로 묘했다. 아내하고는 성격도 달랐고 세상을 보는 눈도 전혀 달라서 기실 쉽게 서글서글해질 수 있는 입장은 아니었다. 찬수 엄마는 김대중이라는 말만 나오면 "그 빨갱이 놈!"이라고 때와 장소를 가리지 않고 빨갱이 타령을 하였고, "찬수가 고등학교 가기 전에는 강남으로 갈 거예요. 요새 강남과 비강남이 하늘과 땅 차인 거 알죠?" 하고 틈만 나면 강남 타령을 하였으며, 무슨 일이 생길 때마다 목사 탓을 하였고 끊임없이 신과 같은 능력을 가진 목사를 찾아다니면서 틈만 나면 목사 타령을 하였는데, 아내는 그 셋 중 한 가지도 추종하지 않았다. 그럼에도 불구하고 찬수 엄마는 아내를 끔찍하게도 챙겼으며, 남편이 열무같이 새파랗게 젊은 여자를 데리고 당당하게 집으로 들어올 때마다 "내가 미쳐, 저런 웬수, 웬수, 웬수……" 하면서 꼭 아내한테 와서 하소연하고 위로를 받으려고 하였다. 옷장사로 돈을 많이 버는 남편은 평생 바람을 피웠다. 찬수 엄마는 이제 싸우다가 싸우다가 지쳐서 남편을 포기한 지 오래라니, 늦둥이 외아들에 대한 집착은 당연할지도 모른다. 아무튼 그녀는 아들을 위해서라면 목숨이라도 걸겠다는 결연한 눈빛으로 무장하

14

고 다니면서, 아들에게 조금이라도 도움이 된다면 돈을 아끼지 않았고 아들을 위해서 기도를 해 주겠다는 목사라도 만나면 그를 신으로 모시면서 수많은 돈을 쏟아부었다. 그래도 찬수는 국제중학교에 가지 못했고, 중학교에 가서는 성적이 계속 내리막길이었다. 초특급 과외 선생님들을 아들의 공부 참모로 앉혔어도 효과가 나지 않았다.

10시가 넘었다. 아직도 딸은 돌아오지 않았다. 아내가 나를 보고 한숨을 내쉬더니 휴대전화를 하였다. 어디냐, 언제쯤 올래, 왜, 힘들면 일찍 와서 쉬지, 괜찮아, 체력이 문제야, 체력이 떨어지면 안 돼, 내일은 푹 쉬어, 마중 나갈 테니까 연락해. 아내는 거의 혼잣말에 가깝게 딸이랑 통화했다. 보지 않아도 딸의 상태를 알 수 있었다. 고3이 되면서 딸은 거의 웃음을 잃었다. 중학교 때부터 미술 공부를 해 오다가 지난겨울에 갑작스럽게 진로 변경을 하였으니 다른 아이들에 비해서 뇌가 과부하에 걸리는 건 당연하다. 학원도 보내 주고, 과외도 시켜 주었으나 성적은 오르지 않았다. "네가 늦게 시작한 것이나 다름없으니까 서두르지 마. 안 되면 재수해. 그런 맘으로 느긋하게 해." 그래도 딸은 힘들어하였다. 너무 힘들고 외롭다고 울먹이기도 했다. 우리는 부모로서 딸에게 해줄 수 있는 게 별로 없다는 사실을 알았다. 학교에 보내 주고, 먹여 주고, 입혀 줄 뿐. 진짜 지금 딸에게 필요한 말, 어떤 절대적인 힘 같은 것들은 줄 수가 없었다. 가끔씩 딸이 종교라도 가졌으면 좋았을 텐데, 하는 생각도 했다. 아내는 다시 한숨을 내쉬며 보약이나 영양제를 좀 챙겨야겠다는 말만 하였다.

곧바로 초인종이 울렸다. 찬수 엄마였다. 찬수 엄마는 들어오자마자 밤늦게 미안하다는 눈빛을 흘리고는 찬수에 대한 타령을 늘어놓았다.

"미안해, 미안해, 선민이 엄마. 아무리 자려고 해도 잠이 안 와서…… 아무리 찬수가 잘못했어도, 심지어 도둑질을 했어도, 친정에 가서 지 사촌들 돈을 훔쳐 왔어도, 손찌검 한 번도 해 보지 않았는데…… 어디 말을 들어야지. 아이고 말도 못해. 어려서도 숱하게 병아리 키우다가 죽을 때마다 눈물 바람 해 대는데…… 어느 정도 유별나야지. 찬수는 아장아장 걸음할 때부터 병아리며 오리며 햄스터며 그렇게 동물들이 보이기만 하면 사 달라고 떼쓰고…… 그러다가 사온 동물이 죽으면 그날은 밥도 안 먹고…… 아이고 말도 마라야. 하여간 그때는 어려서 그러려니 했지. 크면 나아지겠지, 크면 나아지겠지 하고. 근데 중학생이 되어서도 마찬가지야. 얼마 전에 어디서 다람쥐 한 마리를 가져왔는데, 사 왔는지 어디서 얻어 왔는지 통 말을 안 해. 날마다 지극정성으로 다람쥐만 들여다보고 있어. 아침에 일어나자마자 부모한테는 살갑게 말 한마디 안 하는데, 다람쥐한테는 가서 '잘 잤니' 어쨌니 하면서 볼을 비비고 야단이야. 학교 갔다 와서도 다람쥐한테 먼저 가서 종알종알…… 다람쥐가 제 말을 알아듣나? 하여간 듣고 있으면 저것이 혹시 자폐증이라도 걸렸나 하는 생각이 들 정도야. 어쨌든 그 다람쥐가 어제 갑자기 죽어 버렸어. 그걸 보더니 엉엉 울어 대고, 학원 가라고 해도 듣지 않고, 장례를 치르겠다나 어쩌겠대나…… 나 기가 막혀서…… 그래도 어제는 참았어. 근데 오늘까지 말도 안 하

16

고, 학원도 안 가고, 죽은 다람쥐만 부둥켜안고 방구석에서 청승을 떨고 있는데 울화통이 터지는 거야. 대체 어쩌라는 거야. 죽은 다람쥐 붙잡고서. 선민이 엄마라면 화 안 나겠어? 집에서도 얼마나 실랑이를 했는지 몰라. 글쎄 죽은 다람쥐를 넣을 관을 만드는데…… 어디서 가져온 작은 판자를 연필 깎는 칼로 자르고 테이프로 붙이고…… 몇 달 전에 돌아가신 지 할아버지 입관하는 것을 봐서 그런지 꼭 그대로 하는데…… 와아, 돌아 버리겠더라고. 그래서 동네방네 창피한 줄 알면서 일부러 그런 거야. 지 놈도 이제 클 만큼 컸으니까 창피한 줄 알라고, 정신 좀 차리라고…….”

찬수 엄마는 찬물을 벌컥벌컥 들이켰다. 아내는 아무리 중학생이라고 해도 아직은 어리니까 그런 게 아니냐고 하였다. 그럴수록 찬수 엄마는 가지런히 빗질된 생머리를 흔들어 댔다. “아냐, 찬수는 좀 심해. 지금까지 죽은 동물들을 어떻게 했는지 알아?” 찬수 엄마는 옆에 있는 나를 슬그머니 곁눈질하고는 나무를 깎아서 비석도 만들어 주었노라고 혀를 까불었다. 처음에는 그런 행동이 하도 가상하여 오히려 칭찬을 하였으나 점점 심해졌던 모양이다. 찬수 엄마는 더 이상 방치해서는 안 되겠다고 이를 악물었고, 찬수가 화장실에 들어간 사이에 죽은 다람쥐를 끄집어내서 비닐봉지에다 싸서 들고 나가려고 하였다. 낌새를 눈치챈 녀석이 뛰쳐나와서 눈에다 도깨비불을 품고 노려보더니 순간적으로 죽은 다람쥐를 가로챈 다음, 지가 장례식을 해줄 거니까 방해하지 말라고 소리쳤다. 그때부터 죽은 다람쥐를 뺏기 위한 실랑이가 두 시간이 넘게 벌어졌노라고 한숨을 뱉었다.

개
대
신
남
친

"장례식을 어떻게 하겠냐고 물으니까, 할아버지 장례식처럼 하겠다고 하면서…… 내일 아침에 발인을 하겠대. 나는 지금 당장 화단에다 묻으라고 했어. 녀석은 절대 못하겠대. 오히려 왜 맘대로 못하게 하냐고 소리치는데 미치겠더라고. 그래서 내가 강제로 끌고 나온 거야. 우리 집 화단은 공사 중이라서 선민이네 집 앞으로 온 거야. 여기다 묻어 주려고."

"그래서 결국은 묻어 준 거예요?"

텔레비전을 보는 척하면서 끼어들 틈을 엿보고 있던 나는 슬쩍 찬수 엄마를 쳐다보았다.

"예, 저 아랫동 반장네 화단에 있는 단풍나무 밑에다 묻어 주고 왔는데…… 아아, 도대체 쟤를 어떻게 하면 좋아요?"

찬수 엄마 역시 내가 끼어들기를 바란다는 눈빛으로, 어서 묘안을 가르쳐 달라고 눈빛을 애절하게 보내왔다.

"이야기를 들어 보니까 좀 유별나기는 해요. 찬수가 너무 여리고, 동물들을 좋아하고…… 그죠? 하여간 보통 아이들하고는 조금 다를 수도 있지만…… 그렇다고 너무 걱정할 필요는 없는 것 같아요."

내가 조심스럽게 입을 열었다. 찬수 엄마는 손을 내저었다. 찬수는 단순히 동물을 좋아하는 그런 단계를 넘어서서, 어찌 보면 정신병에 가까울지도 모른다고 눈을 모들떴다. 엄마 아빠한테는 말을 안 해도 동물들한테는 다정하게 말을 붙인다니 그렇게 의심할 수도 있으리라. 나는 찬수가 보기 드물게 예민한 촉수를 가진 아이라고 귀여워하는 편이었다. 그랬는지라 정신병이라는 말은 너무 과장된 표현이라고 숨을

18

삭했다. 찬수는 어린 시절 나하고 비슷한 색깔을 많이 가진 아이였다. 나는 찬수를 볼 때마다 그런 생각을 했지만 그걸 내색할 수는 없었다. 우리 딸도 찬수하고 색깔이 비슷했다. 작년까지만 해도 딸은 집에다 깡토끼와 햄스터 그리고 개를 키웠다. 하지만 이 앞 동에 살고 있는 집주인이 개를 소름 끼치도록 싫어해서, 특히 집 안에서 개를 키우는 것만큼은 절대 허락할 수 없다고 눈을 부릅뜨는 바람에, 심지어 이사 비용을 지불하고서라도 내보내겠다고 으르렁거리는 통에 어쩔 수 없이 백기를 들었다. 경기도 가평에 사는 후배네 집으로 개를 보내고 온 날, 딸은 나머지 동물들도 치워 버렸다. 딸은 집주인을 원망하지 않는다고 했다. 영국산 사냥개인 에어데일 테리어는 워낙 덩치가 커서 집에 오는 사람들마다 겁을 먹었고, 그 짖는 소리 또한 너무 커서 같은 동에 사는 사람들로부터 항의가 많았음을 딸은 잘 알고 있었다. 게다가 한 마리도 아니고 두 마리였는지라 딸은 의외로 쉽게 개를 포기하였다.

　나 역시 어렸을 때부터 동물을 좋아했다. 특히 토끼를 가장 아꼈다. 토끼는 생김새가 귀엽다. 새끼도 잘 낳아서 기르는 재미도 짭짤했다. 한두 마리만 팔아도 당시로서는 상상이 힘겨운 용돈을 덤으로 만질 수 있었다. 형이랑 누나도 토끼를 좋아했다. 토끼는 우리가 용돈을 모아서 샀다. 어른들은 토끼를 기르는 일을 일체 간섭하지 않았다. 형이랑 누나는 중학교 교복을 걸치면서 토끼를 돌보지 않았다. 이해할 수가 없었다. 나는 중학교 교복을 입은 뒤로도 토끼들이 싫지 않았다. 아니 더 좋아졌다. 그냥 토끼장 앞에 앉아만 있어도 기분이 좋았다. 학교에서 선생님한테 혼이 났거나 친구들이랑 싸우고 온 날은 더 많은 시간을 토끼장 앞에서 때웠다. 그냥 바라다보기만 해도 내 마음을 다 알아주는 것 같았다. 우리 토끼들은 병도 걸리지 않았고 토끼장 지을 틈을 주지 않고 불어났다. 그쯤 되자 어머니가 개입하였다.

"시우야, 채소도 너무 많으면 솎아내야 해. 많으니까 좀 팔자. 너 용돈도 쓰고."

"좋아요, 그 대신 내가 팔라고 한 놈들만 팔아야 해요."

나는 우선적으로 늙정이 토끼를 손가락질하였다. 그다음에는 새끼를 잘 키우지 못하는 암컷들, 토끼장에서 자주 도망치는 토끼들을 차례로 손가락질하였다. 처음에는 내가 손가락 끝으로 가리킨 토끼만 팔던 어머니는 돈이 궁해지자 장날만 되면 나한테 동의도 구하지 않고 토끼를 잡아다 팔았다. 나는 항의조차 못하고 끙끙거리다가 꽃샘 추위가 으르렁거리던 어느 날부터 자꾸만 토했다. 그런 줄도 모르고 어머니의 손은 더욱 대담해졌다. 시도 때도 없이 토끼를 팔았다. 어머니가 미웠다. 특히 내 토끼를 술 안줏감으로 팔아넘길 때는「콩쥐 팥쥐전」에 나오는 의붓어미로 보였다. 동네 어른들은 꼭 토끼를 우리 집 토방의 디딤돌에다 내리쳐서 죽였다. 아침에 일어나면 토방에는 핏자국이 선연했다. 나는 속울음 삭히면서 핏자국을 닦아냈고 어른들을 얼마나 저주했는지 모른다. 그런 일이 있은 후부터 토끼 고기라면 냄새도 맡을 수 없었다. 어머니의 입에서 좋은 말이 나올 리가 없었다.

"왜 안 먹냐? 토끼는 풀만 먹어서 소고기만큼 몸에 좋은 것인디, 어서 먹어라."

개 대신 남친

그때마다 나는 최대한 빠르게 밥을 입안으로 우겨 넣은 다음 얼른 밥상머리에서 도망쳐 나왔다. 밥상에 앉아 있던 토끼탕만 보면 눈멀미가 났고, 냄새만 맡아도 토악질이 나왔다.

그런 일이 있고 나서 한동안 잠잠했는데, 마당가에서 봄꽃들이 푸지게 피어나던 4월 어느 날 나는 벙어리가 되어 버렸다. 수십 개의 토끼장이 텅 비어 있었다. 나한테 한마디 상의도 없이 어머니가 토끼들을 팔아 치웠다는 걸 알았다. 눈물만이 흘러나왔다. 그 토끼들은 내가 키우는 동물들이다. 내 돈으로 어린 새끼를 사 왔고, 내가 설계하여 집을 지었고, 내가 먹이를 주었다. 슬프고 아리고 허탈했다. 나는 분노하고 싶었다. 물론 어머니라는 절대자 앞에서 나는 아무런 분노도 할 수 없었다. 내가 분노하면서 반발한다고 해서 내 말이 옳다고, 단 한순간이라도 나를 이해해 주고 내 편을 들어줄 어른도 없었다. 내 편이라니, 마을 어른들은 오히려 저런 호로자식이 있나, 하고 나무랄 것이다. 그까짓 토끼 몇 마리 때문에 자신을 낳아 주고 길러 준 어머니한테 대든다고. 나는 그게 더 억울했다. 내가 한마디도 반항할 수 없는 이 세상이 더 미웠다. 그날부터 나는 밥 한술 뜨지 않았다.

어머니의 말에도 대꾸하지 않았다. 쳐다보는 어머니의 눈동자 속에는 토끼들이 있었고, 어머니의 목소리 속에는 죽어가는 토끼들의 메아리가 섞여 있었다. 나는 어머니가 보약이라고 가져온 것도 먹지 않았다. 어머니는 시름이 깊어 갔다. 그런 내 마음을 할머니가 알아채고는 손을 꼭 잡아주었다. 순간 눈물이 터져 버렸다. 어머니는 할머니의 말에 수긍하지 않았다.

"어머니도 참, 아이들인데 그까짓 토끼들 때문에 밥맛이 떨어진다요? 크려고 그러지요. 한의사한테 물어보니까 다 이럴 때가 있다고 하데요."

"아니다. 시우는 달라야. 얼마나 토끼들을 애지중지했냐. 이참에는 에미가 잘못했다. 시우한테 말도 없이 토끼를 다 팔아 버린 것은 에미가 잘못한 거여. 그러니까 어서 시우한테 사과하고 다음 장날 몇 마리 사다 주거라. 어른도 아이들한테 사과할 때가 있는 법이다. 나도 이 나이 되도록 몇 번이나 아이들한테 잘못했다고 한 적이 있다."

"아이고, 어머니도 참 별말을 다 하시네요. 당연히 어른이 잘못했으면 사과를 해야지요. 하지만 이건 그런 경우가……. 아이, 무슨 토끼 때문에 밥을 안 먹는다요? 시우야, 너 참말로 토끼 때문에 그러냐?"

나는 어머니 앞에서 고개를 끄덕일 수가 없었다. 어쨌든 나는 그해 봄이 저물도록 밥맛을 회복하지 못했고, 어머니가 가져오는 쓰디쓴 약물을 날마다 전쟁하듯이 입안에다 들이붓다가 힘겹게 여름을 맞이했다. 내가 어떻게 밥맛을 되찾았는지 그건 기억할 수 없다. 결혼을 하고 정식으로 큰절 올리는 아내에게 그때의 기억 한 점을 간직했다가 꺼내 놓았던 어머니의 기억을 빌릴 수밖에.

"좌우지간 별스러웠다. 그때가 중학교 2학년쯤 되었으니까 덩치는 송아지만이로 컸을 적인디, 어찌나 밥을 안 먹던지……. 그래서 한번은 동네 잔칫집에서 소를 잡았는디, 내가 시우 생각을 하고 몇 점 얻어

왔어. 요즘이야 소고기도 흔하지만 옛날에는 고기 한 점 이바지 들어와도 아이들은 구경도 못하제. 그런데 하도 시우가 밥을 안 먹으니까 어른들 상은 염두도 두지 않고 모르게 먹일려고 했제. 그런데 먹어야제. 하도 화가 나서 막대기로 막 등짝을 후려쳤지. 그랬더니 이놈의 자식이 도망치는디, 아이 밤이 되어도 들어오질 않는 것이야. 온 동네를 찾아보아도 없어. 할 수 없이 사립문이랑 부엌문을 살짝 열어놓고 자는디, 새벽 서너 시쯤 되었을 것이다. 이놈이 헛간에서 자다가 뭣한테 놀란 모양이더라. 그러니까 혼불이야. 여기서는 사람의 혼불을 그냥 불이라고 하지. 사람의 불, 사람이 죽기 전에 불이 나가는디, 그것을 본 모양이여. 그래서 엄마 엄마 하면서 울고 뛰어들어 오더라. 이불을 덮어 주니까 바들바들 떨고만 있어. 그걸 보니 별 생각이 다 들더라. 진짜 내가 아들이 키우는 토끼들을 다 팔아 버려서 그랬을지도 모른다는 생각도 들고…… 해서, 살그머니 그놈 손을 잡고는…… 엄마 많이 미워했지, 뭐 그랬어. 그 토끼들 엄마 맘대로 팔아 버려서 미안하다고. 들었는지 안 들었는지도 몰라. 자는 것도 같았고…… 해서 듣거나 말거나 혼자 중얼중얼했어. 엄마도 하도 힘들어서 그랬다. 하도 돈이 급해서야…… 엄마도 마음 아팠다…… 그렇게 밤새도록 중얼중얼했지. 그러더니 다음 날 아침부터 입맛이 돌더라니까."

아무튼 내가 입맛을 찾자마자 어머니가 쑥색 토끼 두 마리를 사다 주었다. 나는 다시 토끼를 기르기 시작하였다. 어머니나 할머니도 나를 챙기듯이 토끼를 보살폈다. 어쩌다가 내가 밥을 주지 않으면 당신들이 챙겼고, 늘어나는 토끼 숫자까지 정확하게 알고 있었으며, 가끔씩 정체를 알 수 없는 동물들이 와서 토끼를 물어 가면 나보다 더 아파하였다. 나는 그게 그분들의 진심임을 알았다. 나는 중학교를 졸업할 날이 가까워 가자 오십여 마리로 불어난 토끼들을 어쩌지 못하고 끙끙거렸다. "시우야, 고등학교는 도시에서 다녀야 하는디, 저 토끼들은 어떻게 할래?" 어머니는 조심스러운 눈빛으로 나를 쳐다보았다. 솔직히 나는 고입 선발고사보다 토끼들이 더 시름거렸다. 도시에서도 토끼를 기를 수만 있다면 얼마나 좋을까. 아무리 궁리해도 좋은 수가 떠오르지 않았다. 결국 어머니의 해결책을 따를 수밖에 없었다.

"그럼 이렇게 하자. 너무 많으니까 팔아서 니 용돈으로 쓰고, 몇 마리만 남기자. 몇 마리쯤이야 엄마도 거둘 수가 있으니까. 너도 토요일 날 와서 풀을 뜯어다 주고……."

아, 그때처럼 어머니의 얼굴이 넉넉해 보인 적이 없었다. 눈물이 왈칵 솟구쳤다. 어느새 어머니는 할머니처럼 눈빛이 따스하게 변해 있었다. 어머니는 나도 모르게 할머니를 닮아 갔다. 내가 고등학교 1학년이던 가을에 할머니가 꽃상여를 대절하여 산밭 너머로 사라지자 말투까지 할머니랑 비슷해졌다. 엄청난 변화였다. 서른 살 때 남편을 여읜 어머니는 세상에다 퍼질러 놓은 다섯 자식들을 거두기 위해서 날마다 강해지려고만 하였고, 그러다 보니 얼굴에다 분단장 한 번 할 줄 몰랐으며 고운 치맛자락 따위는 처녀 시절에 불렀던 유행가 속에다 묻어 버

개
대신
남친

렸다. 그런 당신이 할머니 이상으로 넉넉해지면서 따스한 미소를 가진 얼굴로 변해갈 줄이야.

나는 노랑 무늬가 알록진 토끼 두 마리만 남겨 놓고 모두 장에다 팔았다. 이듬해 나는 마을에서 100킬로미터나 떨어진 대도시에 있는 고등학교에 진학하였고, 가끔씩 주말을 틈타 내려오기는 했으나 쓰라린 허기와 고독을 참아내던 토끼들을 볼 때마다 마음이 아팠다. 꼭 안아주고 싶었다. 안쓰러웠다. 그놈들은 무지무지 순했다. 어머니가 풀을 주지 않으면 열흘이고 보름간이고 웅크린 채 기다렸다. 어떻게 보름간이나 버티었는지 그건 과학으로 설명하기 힘든 영역이다. 몇 번이나 토끼들이 자기 똥이랑 자기 오줌을 핥아먹는 모습을 보았을 뿐, 더는 말을 보탤 수가 없다. 어머니는 그런 나를 보고 미안해하였다.

"새벽에 일어나면 항시 생각하지. 오늘은 토끼 밥을 잊지 말고 줘야지, 줘야지 하고. 그렇지만 밖에만 나가면 잊어버려. 이놈의 정신머리가 나이가 드니까 이래…… . 무엇이 그렇게도 할 일이 많은지 몰라. 밖에만 나가면 내 정신머리가 없어지니 말이다. 어쩔 때는 며칠간이나 잊고 지내다가 우연히 토끼를 보는디, 어찌나 마음이 짠하던지…… . 이것들이 도망이라도 친다면 차라리 내 마음이 편하겠어. 캄캄한 토끼장 안에서 빨간 불만 키고 있는디, 짠해서 볼 수가 없어. 그런 날은 밥이 안 넘어가서, 내가 먹던 밥을 가져다 주기도 하는디…… ."

나는 고등학교에 다니면서 토끼에 대한 꿈을 숱하게 꾸었다. 어둡고 차가운 토끼장 안에서 빨간 눈동자만 부풀리던 그놈들은 아무런 말도 없었고, 아무런 몸짓도 없었고, 그저 큰 귀를 쫑긋 세우고 묵묵히 사람을 기다릴 뿐, 그럴 뿐. 그런 꿈을 꿀 때마다 나는 어머니에게 전화를 하여, 토끼들을 다른 사람들에게 주라고 하소연하였으나 이번에는 어머니가 안 된다고 하였다.

"이제 내가 못 주겠다. 그래도 일하고 밤늦게 돌아와서 그놈들이라도 봐야 마음이 편안해져. 아이고 짠해 죽겠다. 며칠 전에는 암놈이 새끼를 낳고 죽어 버렸어. 토끼 에미를 못 먹여서 그랬을지도 몰라야. 새끼들은 다람쥐만이로 얼마나 이쁜지 몰라. 방에다 들여다 놓고 우유도 먹여 보고, 밥도 짓이겨서 먹여 보고, 별 짓거리를 다 했는디 소용없었어. 그래서 남은 놈들에게, 너희들 맘대로 가서 살아라, 하고는 저 멀리 산에다 풀어 줬는디…… 다음 날 토끼장을 보니까, 그놈들이 돌아와 있는 것이여……."

팔순이 가까워지는 어머니는 지금도 고향집에서 많은 토끼를 기르고 있다. 동물을 바라보는 눈길은 거의 산신령 수준이다. 그러니 동물을 좋아하는 감정이란 아이들만의 전유물도 아닌 모양이다. 작년에는 서울에 있는 병원에 왔다가 이런 이야기를 간호사들한테 늘어놓았다.

"비둘기라고 아는가들. 삐둘구라고도 하고, 참삐둘구라고도 하고, 쑥국새라고도 하고 그래. 우리 쪽에서는 흔한 새라 잡어먹제. 그 고기가 쇠고기하고도 안 바꾼다는 말이 있어. 그만큼 맛있지. 그런디 그놈이 축사에 왔다가 못 나가고 있으니까 내가 잡았어. 마침 큰아들이 왔

개
대
신
남
친

길래 털을 뽑고 귀서 주었더니 맛있게 먹네. 그다음 날 또 한 마리가 날아와서 파닥거려서 또 잡았어. 털을 뽑으려다가 바빠서 빈 토끼장에다 넣어뒀더니 이놈이 울어 대는디…… 하루 종일 울어 대. 어찌나 서럽게 울어 대는지 차마 들을 수가 없어. 아마 내가 잡아먹은 놈 남편이나 마누라나 되겠제. 그런 생각을 하니까 마음이 아파서 못 잡겠어. 큰아들은 어서 잡아먹자고 하는디. 내가 그랬제. 못 잡겄다, 못 잡겄어. 어제 잡혀서 죽은 남편 찾아온 모양이다. 그냥 풀어 주자. 그랬더니, 큰아들도 그러라고 해. 해서 풀어 줬더니 이놈이 날아가지도 않아. 아따, 별일이데. 그런 일이 있었네. 동물이나 사람이나 다 똑같더라고, 사는 것은."

내 이야기가 끝나 갈 즈음 갑자기 현관문이 열리면서 딸이 들어왔다. 아내가 깜짝 놀라서 일어났다. 딸은 건성으로 찬수 엄마한테 인사를 하고 방으로 들어갔다. 아내가 따라갔다. 목소리를 낮추기는 했지만 당황한 아내의 목소리가 새어 나왔다. 왜 전화를 안 했냐? 엄마가 마중 나간다고 했는데……. 혼자 오다가 무슨 일을 당하면 어쩌려고 그러느냐? 이럴 때일수록 정신을 차려라. 아내의 목소리는 아주 빨랐다. 한참 뒤에 딸의 목소리가 들렸다. 엄마 피곤해. 나가 줘. 나 오늘 독서실에서 두 시간이나 몸이 굳어 버렸어. 몰라. 그냥. 몸이 움직이지 않았어. 애들이 119 부를 뻔했어. 갑자기, 몸이, 얼음처럼, 피는 흐르는데…… 친구가 바래다 줬어. 집까지. 괜찮을 거야. 피곤해. 나 잘게. 심각했다. 나는 찬수 엄마를 보면서 숨을 죽였다. 다시 아내가 말했다.

그럼 일찍 오지. 내일 병원 가 보자. 무리하지 말랬잖아. 요새 우리 딸, 너무 힘들어 보여. 그러지 마. 엄마 아빠가 닦달도 안 하는데. 다시 딸이 말했다. 엄마 아빠가 닦달하든 안 하든 그건 별거 아냐. 그런다고 나아지는 건 없어. 엄마 아빠가 공부하는 거 아니잖아. 괜찮아지겠지. 아내가 말했다. 알았어. 쉬어.

아내가 나오자 찬수 엄마가 정말 괜찮냐고 눈으로 물었다. 아내가 웃어 보였다. 찬수 엄마는 커피 한 잔만 마시고 일어서겠다고 하더니 나를 보고는 혀를 끌끌 차 댔다.

"선민이 같은 모범생도 저렇게 힘들어하는데…… 우리 찬수는 어떡해요. 어서 유학을 보내야지……. 쯔쯧, 얼굴을 볼 수가 없네. 녀석."

나는 얼른 대꾸하지 못했다. 그러자 찬수 엄마가 수족관에서 헤엄치는 버들붕어를 힐끗 보고는 "선민이도 한때는 개를 무지 좋아했잖아요? 근데 때가 되니까 딱 정리하는 걸 보면…… 우리 찬수도 그래야 하는데……" 하고 묘한 눈빛으로 나를 보더니 말을 이었다.

"어쨌든 선민이 아빠야 시골에서 태어났으니까 동물을 좋아하는 감정이 자연스럽지요. 우리 찬수는 달라요. 여기는 시골이 아니잖아요? 선민이 아빠도 도시로 고등학교 갈 때는 토끼를 두고 갔잖아요?"

"뭐 그건 사실이지만…… 중요한 건 어디에 살든 동물을 좋아한다는 사실입니다. 저도 고등학교 다닐 때 늘 토끼를 생각했어요. 아마 토끼를 키웠으면 더 좋았겠지만 그래도 토요일에 가서 볼 수 있다는 생각으로 한 주일을 버티고 버티고 그랬어요. 그런 마음이 중요하지요.

개 대신 남친

동물을 좋아하는 건 병도 아니고 나쁘게 볼 게 아닙니다. 오히려 아이한테 도움이 될 수도 있어요. 어른들이 못 해 주는 걸 동물들한테서 얻을 수도 있습니다……. 저는 고등학교 때 토끼 대신 새를 키웠어요. 방안에다 풀어 놓고…….”

“선민이 아빠 말뜻은 알겠는데요, 경우가 좀 다르네요. 저도 찬수가 새를 키우겠다고 하면 얼마든지 키우라고 해요. 그동안 얼마나 많은 동물을…… 근데 지금은 달라요. 아무리 그렇다고 죽은 동물의 장례식을 치르겠다고 하는데…… 게다가 공부도 하지 않고…… 엄마랑 말도 하지 않고……. 만약 선민이가 그랬다면 선민이 아빠도 달라질 거예요.”

순간 나는 찬수 엄마의 자존심을 건드렸을지도 모른다고 침을 꿀꺽 삼켰다. 상대가 구체적으로 나를 거론하고 나서는 판인데 내가 적당히 얼버무릴 수도 없는 노릇이었다.

“예, 그럴지도 모릅니다. 하지만 제 말은 너무 걱정하지 말라는 뜻입니다. 제가 이 이야기는 하지 않으려고 했는데…… 그냥 들어 보세요. 제가 고등학교 때 자취를 했는데…….”

정말이지 병수의 이야기만은 풀어 놓지 않으려고 했으나 찬수 엄마를 달래기 위해서는 어쩔 수 없다는 판단이 섰다.


병수는 내가 고3 때 이사 왔다. 내가 살았던 집은 싸게 사글세를 주기 위해서 역시 싸게 지어 놓은 단칸방이었다. 방과 방 사이에 벽이라는 경계가 있었으나 서로의 눈빛만 차단이 되었을 뿐 혼자 중얼거리는 소리까지 거침없이 넘나들어서 서로의 비밀이 존재할 수 없는 집, 그런 집이 마당을 떠받들 듯이 한일자로 늘어서 있었다. 다행히 우리 집은 일곱 채 중에 맨 왼쪽 끄트머리라서 그나마 해와 달이 자주 마실 오고 바람이 통하는 그런 곳이었다. 고등학교 1학년인 병수는 자그마한 키에다 다소 비만기가 느껴지도록 통통했지만 얼굴만 보면 귀염성이 있어서 어딜 가서라도 인상에 대한 평판을 후하게 받을 상이었다. 게다가 워낙 명랑하고 애교가 넘쳐서 아이부터 어른까지 다 좋아했다. 송아지만큼이나 커다란 눈동자는 항상 새물새물하였고, 늘 떠벌리고 다니는 입 안에서 때와 장소를 가리지 않고 상대를 웃게 하는 유머가 끊임없이 세포분열을 하고 있는지 단 한 번도 그 밑천이 달리지 않았다. 그러면서도 늘 솔직했다. 그런 아이였다.

산이란 산이 초록 물감으로 짓뭉개지던 식목일이었다. 나는 주인 할머니의 부탁으로 대추나무를 심기 위해서 마당가를 삽질하고 있었다. 대추나무는 초여름이 되어서야 이파리를 터뜨릴 정도로 게으르고 느리지만 생에 대한 집착만큼은 다른 나무보다 강해서 별다른 지식이 없어도 심기에 무난했다. 겉흙을 걷어 내고 속살을 파 들어가던 나는 주춤했다. 삽날 끝에 하얀 비닐로 공들여 포장된 정사각형 나무 상자가 걸렸다. 나는 새참거리로 찐빵을 가져오는 주인 할머니한테 이게 뭐냐고 눈길을 주었다. 평생 흙 한 점 만져보지 않고 곱게 나이 들어 온 할머니는 모르겠다고 눈만 껌벅거릴 뿐이었다. 그 안에 무엇이 들어 있는지 열어 보고 싶은 강렬한 유혹이 나를 흔들었다. 나는 그 상자를 이리저리 쳐다보다가 "혀엉, 안 돼!" 하는 메아리에 놀라서 엉덩방아를

개 대신 남천

찢고야 말았다. 어느새 달려온 병수가 그 상자를 낚아채서 밖으로 달아나 버렸다.

나는 놀란 입을 다물지 못하고 있다가 한참 뒤에서야 밖으로 나갔다. 병수는 도로가에서 사열하고 있는 은행나무에 몸을 기댄 채 울음을 씹어대고 있었다. 대체 왜 그러냐고 대체 그 안에 뭐가 들어 있냐고 아무리 물어도 대답이 없었다. 그렇다고 힘으로 그걸 뺏을 수도 없어 그만 고개를 흔들어 대고야 말았다.

녀석은 봄날의 긴 해가 저물도록 방 안에서 꼼짝도 하지 않다가 어슬녘이 되어서야 내 자취방으로 얼굴을 내밀었다. 병수의 얼굴은 차분하게 가라앉아 있었다. 내가 아무런 말을 하지 않자 먼저 미안하다고 사과를 하더니, 라면이 보글보글 끓는 냄비를 보고는 입맛이 도는지 재빠르게 자기 방에 가서 김치를 들고 왔다. 우리는 마주 앉아서 라면밥이 목구멍 끝까지 차오르도록 기운차게 먹은 다음 그대로 발랑 누웠다. 스르르 졸음이 왔다. 내가 막 한숨 자려고 하는 찰나에 병수의 목소리가 나지막하게 고막으로 기어들었다. 졸음이 싹 달아났다.
"형 진짜 미안해요. 말하고 싶어도, 내가 이야기해도 믿지 않을 테니까 해봐야 소용없고…… 나를 정신 이상자로 볼 테니까요. 그래서 하지 않을게요. 이해해 주세요."
막상 그 말을 듣자 갑자기 화가 났다.
"이 자식이 대체 무슨 말을 하는 거야. 뭐어? 대체 왜 그러는데……

어디 이야기나 한번 들어 보자 이놈아. 그래야 내가 너를 이해하든 말 든 할 것 아니냐!"

내가 벌떡 몸을 일으켰다. 병수는 천천히 상체를 일으키면서 나를 보았다. 병수가 호주머니에서 담배를 끄집어냈다. 나는 어랍쇼, 하듯 눈을 크게 떴다.

"형 미안해요. 사실은 저, 담배도 일찍 배웠어요. 중학교 2학년 때부 터 피웠어요. 형, 죄송한데 여기서 한 대만 피울게요. 오늘만 봐주세요."

"아, 나는 담배 연기 싫어하는데…… 좋아, 그 대신 말해라. 말 안 하려 면 지금 나가고 인마. 나도 너 이상하게 인상 쓰는 것 더는 보기 싫다."

병수는 잠깐이나마 "헤헤헤" 하고 특유의 표정을 짓더니 제법 노련 하게 담배에 불을 지르고 가슴 속으로 연기를 불러들인 다음 곱게 내 보냈다. 그 순간만큼은 그놈이 나보다 세월을 더 살아온 것 같았다. 참 맛있게 피웠다. 나는 처음으로 어른이 아닌 아이한테도 담배가 괜찮을 수도 있다는 걸 알았다. 병수는 담배를 다 피우고 나서야 자기 방으로 가더니 문제의 그 상자를 들고 왔다.

"형, 정말 나를 이상하게 보지 마세요. 이 속에는 고양이 뼈가 들어 있어요."

고양이 뼈라는 말에 나는 잘못 들었나 하는 눈빛으로 병수를 쏘아 보았다. 병수가 한번 보겠냐고 하였다. 막상 그렇게 말하자 대뜸 "그 래" 하는 말이 나오지 않았다. 고양이 뼈라니. 등골이 오싹해졌다. 작 년 한식날 아버지를 비롯하여 조상들 묘를 이장하던 기억이 생생하게 살아났다. 초등학교 1학년 때 돌아가신 아버지의 산소랑 얼굴도 모르는 조상님들의 묵은 산소를 포크레인이 파헤치기 시작할 때만 해도 나는 잔뜩 긴장하고 있었다. 무섭기도 하였다. 그런데 막상 그분들의 유골을 보자 '텔레비전이나 책에서 보던 유골이랑 똑같구나' 하고 마음이 차분해졌다. 그런 생각이 나서 잠시 눈을 감았다가 "됐다" 하고 말했다. 굳이 확인하고 싶지 않았다.

"우리 식구들은 고양이만 보면 치를 떨었지요. 오만상을 다 찡그리면서 부들부들 떨었어요. 세상에서 가장 징그러운 것을 본다는 표정. 저는 그런 식구들을 이해할 수 없었어요. 나는 고양이가 좋았거든요. 늘 단정한 털이며, 우주처럼 깊어 보이는 눈이며, 항상 서두르지 않는 걸음걸이며. 그때가 초등학교 몇 학년 땐지 그건 잘 기억나지 않지만…… 눈이 오지게 내린 겨울이었지요. 고양이 새끼 한 마리가 부엌으로 들어오더군요. 밖에서 떨다가 따뜻한 열기를 따라서 들어온 것이지요. 그런데 고양이를 본 엄마는 누가 칼이라도 들이댄 양 놀라서 자지러지더니, 찬물을 담아다가 고양이한테 확 뿌리면서 '저리 가아!' 하고 야박하게 쫓아내더군요. 곧 아버지랑 누나들까지 나타나서 막 집어던지고, 소리치고, 발을 구르고, 삿대질하고, 그랬어요. 그래도 새끼 고양이는 갈 데가 없었나 봐요. 식구들이 한눈만 팔면 다시 부엌으로 슬그머니 숨어들었으니까요……."

병수는 오돌오돌 턱방아 찧고 있는 고양이가 불쌍했다. 더구나 어머니는 다시 들어온 고양이를 보고는 더욱 매섭게 막대기를 휘둘렀다.

어머니한테 맞은 고양이 새끼는 비틀거리며 뒤란으로 도망쳤다. 병수도 어찌할 수 없었다. 고양이 울음소리는 그날 밤새도록 뒤란에서 울려 퍼졌다. 사흘 뒤 눈이 녹고 나서야 고양이는 장독대 뒤에서 싸늘한 몰골로 발견되었다. 그때부터 병수는 고양이에게 더욱 애착을 갖게 되었다고 쓴 약을 먹던 표정을 지었다. 그 고양이 시체를 장독대 뒤에다 묻어 준 뒤부터 병수는 식구들 몰래 고양이를 키우기 시작했다. 고양이는 그 어떤 동물보다 기르기가 수월했다. 우선 다른 동물과 달리 가둬서 거둘 필요도 없었고, 사람을 따라다니지도 않으므로 식구들에게 눈총 세례도 받지 않았다. 게다가 눈치도 빨랐다. 고양이는 병수만 보면 얼굴을 내밀었다가 식구들의 기척만 들리면 마루 밑으로 몸을 숨겨 버렸다. 병수는 고양이에게 몰래 밥을 주었다. 그래도 전혀 문제가 되지 않았다. 병수가 고양이를 좋아한다는 소문이 고양이 나라까지 퍼졌는지 모르겠지만 어느 날부터 병수네 마당으로 고양이들이 몰려들기 시작하더니 삽시간에 십여 마리로 불어나자 식구들의 눈빛이 거칠어지기 시작했다. "이게 무슨 일이래! 웬 고양이들이 우리 집으로 모여들지! 우리 집이 그렇게 만만해 보이나? 쥐약이라도 놔야겠어." 엄마는 부랴부랴 쥐약을 찾기 시작했고, 아버지랑 누나는 삽이랑 대빗자루는 물론 돌멩이 같은 무기까지 동원하면서 고양이들에게 선전포고를 하기에 이르렀고, 고양이들의 배후에 병수가 있다는 사실이 들통나고야 말았다. 식구들은 너나없이 병수 앞에서 얼굴을 붉혔다.

"병수야, 너는 왜 고양이를 좋아하냐? 징그럽지도 않냐? 엄마가 강아지를 사 줄 테니까 강아지나 길러라. 제발 고양이만은 기르지 마라. 고양이는 징그럽고 불결한 짐승이다."

"엄마, 그건 오해예요. 난 고양이가 좋아요. 개는 싫어요."

골목골목 고양이 흔적을 뒤지고 다니던 아버지가 꿀쩍꿀쩍 눈물 짜내는 아들이 안쓰러워 보였는지 "그럼 앵무새 같은 새를 키워 봐라" 하였건만 타협하지 않았다. 병수에게는 고양이밖에 없었다. 그 파란 눈, 자근자근 물어뜯고 장난치노라면 간질간질한 그 입, 꼬리에 솔방울을 매달아 두면 빙글빙글 돌면서 앙글거리는 고양이. 병수의 눈에 비친 식구들은 악마나 다름없었다. 어머니는 병수가 말을 듣지 않자 고양이들의 씨를 말리기 위한 치밀한 작전을 세웠다. 그 작전은 정말 무시무시하였다. 맨 먼저 소도둑의 허벅다리를 한 근이나 물어뜯은 전력이 있는 이장네 셰퍼트가 원정을 나왔다. 그날 병수는 어머니가 죽어 버렸으면 좋겠다는 낙서를 사방에다 하면서도 후회하지 않았다. 송아지만 한 셰퍼트는 어머니의 기대 이상으로 혁혁한 공을 쌓았다. 잔인했다. 셰퍼트는 한입에 고양이들을 절명시켰다. 죽은 고양이를 장독대 옆에다 늘어놓고 개를 칭찬하던 어머니는, 무심코 땅바닥에 새겨진 그 낙서를 눈어림하더니 손바닥으로 병수를 마구 내리쳤다.

"이놈의 새끼야. 그래 엄마보다 고양이가 더 좋아? 어서 말해 봐. 엄마보다 고양이가 더 좋난 말이여! 그래, 엄마가 쥐약 먹고 죽어 버리면 시원하겠지? 내가 저런 놈을 키웠으니, 아이고 세상 말세다! 여보오, 나 저놈 무서워서 못 살겠소! 세상에 저런 놈이 어디 있을까."

병수는 아무리 얻어맞아도 잘못했다는 말을 하지 않았다. 때리다가

지친 어머니는 일부러 더러운 도랑물을 바가지로 퍼다가 손으로 홰홰 휘저어 단숨에 마시고는 우엑우엑 토악질하면서 "내가 자식이 아니라 고양이 새끼를 키우고 있었구먼. 이래서 이빨은 오복에 들어도 자식은 오복에 들지 않는 것이라고 했나 보다" 하고는 할머니가 돌아가셨을 때처럼 통곡을 하여서 온 동네 사람들을 놀라게 하였다.

그 일로 병수는 면장보다 더 유명해졌다. 어떤 사람들은 "에이, 호로 자식!" 하고 노골적으로 얼굴을 붉혔으며, "고양이 구신이 씌었을지도 몰라." 하고 심각하게 흘겨보는 이들도 있었다. 병수는 동네 어른들만 만나면 죄인 아닌 죄인이 되어 고개를 숙였다. 어머니는 어머니대로 화병 나기 직전이라고 하면서 평생 입에도 대지 않던 술을 가까이하였다. 그럴수록 병수는 마음의 문을 꼭꼭 닫을 수밖에 없었다.

초등학교 4학년 여름날 저녁 무렵이었다.

"놀다가 집에 오니까 누나가 쉿, 하고 봉숭아 물 든 손가락으로 내 입을 막은 다음 뒤란으로 끌고 갔어요. 뒤란에서는 내가 기르던 고양이가 앓고 있더군요. 누나가 그랬어요. '아마 쥐약 먹은 쥐를 잡아먹은 모양이다. 엄마 아빠가 알기 전에 니가 어떻게 해 봐.' 내가 손을 대자 고양이는 눈을 뜨고는 알아보더라고요. 얼마나 아픈지 자꾸만 신음 소리만 뱉어내는데…… 살려 달라고 하는 것 같았어요. 형, 그때 내가 어떻게 했는지 아세요? 오 킬로미터나 떨어진 면소재지까지, 캄캄한 밤길을 달려가서 약방문을 두드린 다음 소화제를 사왔어요. 그때는 그걸 먹으면 나을 줄 알았거든. 나는 약을 빻아서 물에 탄 다음 고양이한테

억지로 먹였어요. 그리고 아침에 일어나니까 고양이가 없더군요. 식구들은 모두 슬금슬금 나를 피했고, 누나만이 나를 달랬지요. 세상에나 어머니가 죽은 고양이를 집 앞 시궁창에다 던져 버린 거예요. 형, 그때 내가 어떻게 했는지 아세요? 예에, 송장벌레들이 득시글득시글한 고양이 시체를 시궁창에 엎드려서 건져다가 깨끗하게 목욕시킨 다음 뒷산에다 묻어 주었지요. 그 뒤로 기분이 안 좋을 때마다 고양이 무덤에 갔어요. 이상하게도 거기에 가면 마음이 편해지고, 캄캄할 때 가도 무섭지도 않더군요. 그러자 아버지까지 나를 미친놈 취급하면서 신경 정신과 병원으로 끌고 다니고, 밤이면 나가지 못하게 문고리를 묶어 놓더니 급기야는 고양이 무덤을 파헤쳐 버렸지요. 스님 복장을 한 분이 와서 굿도 했는데, 진짜 스님인지 무당이었는지 모르겠어요. 그랬어요. 형, 우습지요? 놀랐지요? 형도 내가 이상한 놈으로 보이지요? 그럴 겁니다. 다 그랬으니까요. 다 알아요."

"병수야, 나 역시 동물을 엄청 길러 보고, 내가 기르던 토끼들을 엄마가 팔아 버리자 진짜 죽이고 싶도록 미워하기도 했고…… 울기도 많이 울었고, 어른들이 먹다 버린 토끼 뼈를 묻어 주기도 했고…… 요즘도 토끼장에 혼자 웅크리고 있는 토끼 꿈을 꿔. 그래서 이해할 수는 있을 것 같애. 다른 사람들은 너를 이상하게 생각할지 모르겠지만 나는 아니야. 그럼 너 그 나무 상자 안에 든 고양이 뼈는……?"

"예에, 이것은 그때 죽은 고양이는 아니고요. 중학교 3학년 때 죽은 고양이 뼈예요. 나는 정신 병원이나 이러저러한 사람들한테 불려 다니는 것이 싫어서 고양이를 키우지 않는 척했지요. 겉으로는 명랑했고요. 그것이 바로 내가 미치지 않았다는 증거예요. 이 녀석은 나랑 가장 친했던 고양이었어요. 밤에도 내가 화장실에 가서 노래만 부르면 어느새 나타나고, 내가 학교에서 올 때면 골목 끝에 나가서 기다리고, 내가 우울해하면 옆에 와서 마구 볼을 비벼 주고…… 척 보기만 해도 서로의 마음을 알 수 있는 그런 녀석이었는데…… 쥐덫에 걸려 몸부림치다가 죽었어요. 하도 마음이 아파서 울타리 옆에다 묻어 두었는데, 하필 그 밑에다 어머니가 무 구덩이를 파겠다고 하길래 부랴부랴 파내서 보관하다가 여기까지 가져온 거예요. 일부러 그런 건 아니고요. 진짜 어찌어찌하다 보니 그렇게 됐어요. 형, 부탁이에요. 곧 우리 엄마가 올라오시는데 절대로 말하지 마세요. 주인 할머니한테도 말 좀 잘 해 주세요. 만약 엄마가 아시면 또 정신 병원에 갈지도 몰라요. 나는 이렇게 혼자 자취하는 게 좋아요. 혼자 살면서 성격도 많이 좋아졌어요. 근처에 친척들도 있지만 제가 싫다고 했거든요."

병수는 더욱 곱작곱작하면서 하소연하였다. 그 몸짓이 묘하게도 고양이를 닮아 있었다.

"걱정 마라. 병수야, 그러면 이 고양이 뼈는 어떻게 할래? 늙어 죽도록 가지고 다닐 수는 없잖아? 서울로 대학을 가거나 군대에 갔을 때도 문제고."

"예에, 알아요."

"고양이를 좋아하는 니 마음은 병이 아니라고 생각해. 하지만 이렇게 뼈까지 가지고 다니는 건 병일 수도 있어. 이제 너도 어른이 되어가니까 얼마든지 고양이를 기를 수가 있어. 그 대신 이 뼈는 자연으로 돌려보내야지. 나는 그렇게 생각한다. 사람도 죽으면 자연으로 가니까."

그날 밤 잠이 오지 않아서 뒤척거리다가 마당에 나가 보니 병수가 대추나무에서 십여 걸음 떨어져 있는 곳을 파고 있었다. 병수는 나무 상자에서 끄집어낸 고양이 뼈를 흙으로 덮었다.

내 말을 쓸어 담던 아내가 찬수 엄마를 곁눈질하면서 물음표를 손으로 그렸다.

"그 병수라는 사람은 지금 뭐 해요?"

"응, 대학에서 학생들을 가르치고 있어. 지금도 도둑고양이를 보면 그냥 지나치지 못하고 호주머니라도 털어서 쥐포 한 마리라도 사 주고 간다고 하더군. 물론 살아가는 데는 전혀 문제없지. 오히려 산문山門에 들어서는 심정으로 매사에 경건하고 조심스럽게 일하며, 특히 아이들 세계를 인정하고 존중하려고 애쓰며 살아간다고 하더군. 훌륭한 친구 야. 내가 존경하는 친구……."

찬수 엄마는 영화 속에서나 나옴직한 이야기라고 오늘따라 낮게 입을 놀리면서 팔짱을 사리고는 몸을 일으켰다. 우리는 특별한 손님이라도 배웅하는 양 연립 주택 밖에까지 따라 나갔다.

찬수 엄마가 나가자 아내가 술 한잔하자고 하였다. 우리는 조용히 술을 마셨다. 목구멍 속에서는 수많은 말이 맴돌았다. 이상하게도 그 말들을 쏟아낼 수 없었다. 아니 입 밖으로 내놓지 않아도 서로의 목구 멍 속에 눈 속에 마음속에 있는 말들을 알 수 있었다. 우리의 마음은

40

지금 방에서 자는지, 아니면 친구들이랑 이불 속에서 문자를 날리고 있는지 알 수가 없는 딸한테 가 있었다. 술이 알딸딸하게 오르자 내가 먼저 입을 열었다. 씻지도 않고 자는 거지? 아내는 그게 뭐가 중요하냐고 다소 퉁명스럽게 대답했다. 한숨만 커졌다. 저번에 담임 선생님이랑 면담할 때도 큰 문제는 없다고 하면서 안심하라고 하시던데. 선생님들이야 그렇게 말하겠지. 내가 아내의 말을 받아 내면서 한숨을 쉬었다. 담주에 어디 여행이나 갔다 올까? 잠깐 현실로부터 멀어지는 것이 도움될 수도 있잖아? 아내는 다시 약간 퉁명스럽게 받아쳤다. 선민이가 가려고 해야 말이죠. 뭘 어떻게 해 줄 수가 있어야지 원. 좋은 대학 안 가도 되니까, 너무 아등바등하지 말라고 해도 저러니. 이것 참, 부모가 이렇게 무기력한 존재라니…… 그게 더 우울하고 힘드네요. 나는 그냥 고개만 끄덕여 주었다. 결국 우리는 지금 딸을 위해서 할 수 있는 게 아무것도 없었다.

아무래도 무리했다. 너무 많은 술을 마셨다. 나는 눈을 뜨는 순간부터 얼굴을 찌푸렸다. 머리가 아프고 속도 부글부글 끓었다. 아내는 아직 눈을 뜨지 않았다. 오전 10시가 넘었다. 나는 화장실에서 볼일을 본 다음에서야 딸을 생각했다. 일요일이니까 푹 자고 있겠지. 거실로 나와 잠깐 망설이다가 쳐다보니까 딸이 거처하는 방문이 열려 있었다. 딸은 나가고 없었다. 낭패였다. 아내를 깨울까 하다가 딸에게 문자를 날렸다.

개 대신 남친

- 선민아, 어디? 오늘은 푹 쉬지, 어디 갔니?

- 아빠, 일어났구나. 내가 다녀오겠습니다 하고 세 번이나 소리쳤는데…… ㅋㅋ…… 독서실. 집에 있어 봤자 머리만 아프고. 새벽에 눈 떴는데, 잠도 안 오고. 어차피 집에 있어도 쉴 수 있는 것도 아니고. 차라리 독서실에 가서 자야지 하고 나왔어.

- 독서실에서 어떻게 자니? 집에서 빈둥빈둥하면서 TV도 좀 보고…… 엄마 아빠랑 맛있는 것도 사 먹고 그러면 피로도 좀 풀리지……. 일찍 와. 엄마 걱정하신다.

- 넘 걱정 마. 집보단 독서실이 편해. 여긴 나랑 같은 패잔병들이 우글거리잖아. 용돈이나 좀 두둑이 주삼. 친구들이랑 맛있는 거 사 먹게. 엄마한테 이따가 전화할게. 어젯밤에 놀라게 해서 미안. 아빠도 잘 쉬어.

- 짜식…… 참, 선민아…… 강아지 한 마리 데려올까? 까짓것 집주인이 반대하면 나가지 뭐. 계약 기간도 다 끝나 가는데…… 너만 좋다면…… 어때?

- 헐, 우리 아빠 짱이다. 좋아, 하지만 지금은 말고. 나중에…… 나 나중에 말하려고 했는데, 강아지보다는 남친 있었으면 좋겠어. 어떻게 생각해? 고3인데 무슨 남친 타령이냐고 할 거지?

- 따라다니는 놈 있니?

- 그건 아니고…… 내가 살짝 좋아지려고 하는 놈이 있어. 내가 먼저 대시를 해 볼까 궁리 중.

- 개 대신 남친이라? ㅋㅋㅋㅋ…….

갑자기 찬수 엄마의 카랑카랑한 목소리가 베란다 유리창을 흔들었다. 나도 모르게 "왜 또 저러는 거야!" 하고 얼굴살을 구기면서 창가로 갔다. 찬수는 우리 집 화단에 쪼그려 앉은 채 그녀의 욕설을 받아내고 있었다. 찬수 엄마는 동네 아주머니들이 불어나자 당신들은 반드시 내 우군이어야 한다는 식으로 골고루 눈길을 주고는, 아들 때문에 말라비틀어질 지경이라고 가슴을 쳐댔다.

"우리 찬수를 어떻게 해야 할지 모르겠어요. 보통 일이 아니라니까. 글쎄 죽은 다람쥐를 화장시켜 주겠다고 저 지랄이야. 인터넷을 다 뒤져서 동물들 화장시켜 준다는 곳을 찾았대나 어쨌대나. 내가 저 아래에다 몰래 묻어 놓은 걸 찾아낸 모양이야. 저번에도 그랬지. 한두 번이 아니야. 지나쳐. 보통 문제가 아니라니까. 밥도 안 먹어. 동물들 죽었다고 울고불고 난린데…… 부모가 죽어도 저러지는 않을 거야."

내 몸에서 풀이 돋아날 것 같은 봄날, 가만히 있으면 풀이랑 나무의 목소리가 들려올 것 같은 봄날, 일 년 중 딱 이맘때 봄날 중의 봄날, 꽃보다 잎새가 예뻐 보이는 며칠 중의 하루. 그런 봄날이었다.

*『자음과 모음 R』 2012. 봄(Vol. 8)

개
대
신
남
친

**이상권**

산과 강이 있는 마을에서 태어났다. 대도시에 있는 고등학교에 입학하자마자 갑자기 들이닥친 난독증과 우울증으로 생을 놓아 버리고 싶을 때 문학이 찾아왔다. 소설책을 보고 소설을 쓰면서 사춘기의 강을 아슬아슬하게 건넜다. 그래서 작가가 된 뒤로 청소년 이야기를 가장 하고 싶었다.

1994년 계간 《창작과 비평》에 단편소설 「눈물 한번 씻고 세상을 보니」를 발표하여 등단했다. 지금은 일반문학과 아동청소년문학의 경계를 넘나들면서 다양한 글을 쓰고 있다. 작품으로는 『성인식』 『하늘을 달린다』 『하늘로 날아간 집오리』 『애벌레를 위하여』 『발차기』 『사랑니』 『난 할 거다』 『고양이가 기른 다람쥐』 등이 있다.

● **1. 소설 속 인물들은 저마다 집착하는 대상을 가지고 있습니다. 각 등장인물이 집착하는 대상과 그 대상에 집착하게 된 원인은 무엇인지 적어 봅시다.**

| 등장인물 | 집착하는 대상 | 집착하는 이유 |
|---|---|---|
| 찬수 | | |
| 찬수 엄마 | | |
| 병수 | | |
| 시우 | | |
| 선민 | | |
| 선민의 부모 | | |

**2. 강아지를 한 마리 데려오자고 제안하는 아빠에게 선민이는 강아지보다는 '남친'이 있었으면 좋겠다고 말해서 아빠를 웃게 만듭니다. 여러분이 선민이의 입장이 되어 다음 대화를 이어가 봅시다.**

아빠 : 어? 우리 딸, 강아지만 좋아하는 줄 알았는데 어쩐 일이니?

선민 : 네. 물론 강아지는 어릴 적부터 제가 좋아하던 동물이었으니까 언제든 다시 키우고 싶어요. 그런데 지금은 남친이 있었으면 더 좋겠어요. 제가 요즘 좋아지려는 애가 있기도 하고요.

아빠 : 그래. 강아지보다 남친이 필요한 이유가 따로 있니?

선민 : 네. 왜냐면 _____

_____

_____


**3. 소설 속 인물들이 어떤 방법으로 문제 상황에 대응했는지 찾아 적어 보고, 만약 여러분이라면 어떻게 했을지도 함께 생각해 봅시다.**

| 찬수 엄마: 윽박지르고 무조건 반대함. | 찬수가 다람쥐를 묻었을 때 | 나라면 : 윽박지르지 않고 함께 다람쥐를 묻어 줄 것 같다. |
|---|---|---|

| 시우 엄마: | 시우가 토끼 때문에 아파할 때 | 나라면 : |
| 시우 할머니: | | 나라면 : |

| 병수 엄마: | 병수가 고양이에 집착할 때 | 나라면 : |
| 시우: | | 나라면 : |

4. 다음은 '비 오는 날'이라는 그림입니다. 빗방울 속에 여러분의 마음을 무겁게 빼앗아 가는 것들을 적어 보세요. 비가 오니까 우산이 있어야겠지요? 여러분이 쓰고 싶은 우산을 그려 보세요. 그리고 더 그려 넣고 싶은 것들을 넣어서 그림을 완성해 보세요.

개
대신
남친

**5. 나는 어딘가에 집착하는 사람일까요, 아닐까요? 다음 물음에 솔직하게 답하면서 내면의 소리에 귀 기울여 볼까요?**

| 매우 그렇다 : 3점 / 어느 정도 그렇다 : 2점 / 약간 그렇다 : 1점 / 전혀 아니다 : 0점 | |
|---|---|
| 1. 상대방이 나를 좋아하는지보다는 내가 상대방을 좋아하는 마음이 더 중요하다. | ( ) |
| 2. 억울한 일이 있으면 흥분해서 밤새도록 잠을 자지 못한다. | ( ) |
| 3. 내가 하던 일을 모두 끝마치지 못하면 몹시 긴장하게 된다. | ( ) |
| 4. 내가 좋아하는 일에 몰두하다 보면 시간 가는 줄을 모를 때가 있다. | ( ) |
| 5. 다른 사람들이 내가 좋아하는 일을 못하게 막으면 식욕이 떨어진다. | ( ) |
| 6. 다른 사람들이 내 감정과 취미를 인정하고 공감해 주었으면 좋겠다. | ( ) |
| 7. 다른 사람들이 내 물건에 손을 대기라도 하면 몹시 화가 난다. | ( ) |
| 8. 아무리 많은 시간이 걸리더라도 내가 원하는 것을 얻고 싶다. | ( ) |
| 9. 다른 사람들에게 보낸 문자 메시지에 답이 올 때까지 계속 연락을 한다. | ( ) |
| 10. 내가 의미를 두는 물건을 몸에 지니고 있어야 마음이 편하다. | ( ) |

### 21점~30점 ◐ 완전 집착형!

지나친 경쟁의식이나 성적 불안, 대인 관계에서 받는 스트레스로 불안한 상태에 있다고 할 수 있습니다. 과도한 집착에서 벗어날 수 있는 방법을 찾아보고, 혼자의 힘으로 해결하기 어려운 경우에는 주위 사람들의 도움을 받아야 합니다.

**11점~20점 ◑ 보통 관심형!**

평범한 사람들도 보통 이 정도의 집착 기질을 갖고 있습니다. 특히 입시 때문에 고민하고 있는 학생들과 자신의 수준을 넘은 목표를 정해 둔 사람이라면 이 정도의 집착은 가질 수 있습니다. 하지만 관심이 과도한 집착으로 이어지지는 않게 주의해야겠지요.

**10점 이하 ◑ 무신경형!**

집착 기질이 거의 없는 사람입니다. 심리적인 건강 상태도 양호하고 불안함도 없는 상태입니다. 자유롭게 자신이 원하는 것을 추구하고 그것을 얻기 위해 노력해 가면 됩니다. 하지만 너무 주변 일에 신경을 안 쓰고 사는 건 아닐까요?

6. 다음 글을 읽고 '공갈 젖꼭지'처럼 혹시 내가 진정한 위안을 주는 것이 아니라 가짜 위안을 주는 것에 매달리고 있는 것은 아닌지 생각해 봅시다. 또 나의 본마음은 진짜로 무엇을 원하고 있는지도 함께 생각해 봅시다.

아기를 품에 안은 젊은 부부가 식당 한 귀퉁이에 앉는다. 이내 아기가 운다. 반사적으로 아기 엄마가 공갈 젖꼭지를 찾아 입에 물린다. 언제 울었느냐는 듯, 아기가 울음을 뚝 그친다. 주변에서 보는 익숙한 풍경이다. 나도 한때 그걸 물었을 것이다. 아무리 빨아도 젖이 나올 리 없건만, 빨고 빨고 또 빨면 언젠가는 나오겠지, 어리석은 희망을 품고서 빨았을 것이다. 그렇게 빨다가 제

풀에 지쳐 스르르 잠이 들기도 했을 것이다. 이빨이 나와서 더 이상 예전처럼 빨았다가는 젖꼭지가 찢어질 수도 있다는 사실을 몸소 체득하기까지 진실로 온 힘을 다해 빨았을 것이다.

보통은 '빠는' 욕구가 강해지기 시작하는 생후 3개월 무렵부터 아기가 제 손가락을 너무 많이 빨아서 문제가 생기지 않도록 보호할 요량으로 공갈 젖꼭지를 물린다고 한다. 하지만 나는 엄마들의, 혹은 육아책의 이런 설명에 동의하기 어렵다. 진실을 말하자면, 언어라는 수단 외에는 의사소통 방법이 없는 엄마가 말 못하는 아기의 욕구를 제대로 파악하지 못해 나온 궁여지책이 아닐까.

아기의 욕구란 것이 대개는 생리 현상에 집중되어 있기 마련이다. 하지만 '먹고' '싸는' 가장 기본적인 생리 욕구가 다 채워졌음에도, 여전히 아기가 울면 엄마는 돌연 벽에 부딪힌다. 예방 접종도 꼬박꼬박 챙겼고, 어디 특별히 아픈 구석도 없어 보이는데, 뭐 때문에 우는지 알 도리가 없다. 이 궁지에서 엄마를 구원하기 위해 나온 발명품이 바로 공갈 젖꼭지라고 나는 믿는다. 요컨대 공갈 젖꼭지는 아기의 필요보다는 엄마의 필요에 봉사한다.

공갈 젖꼭지를 입에 물고 만족스러운 표정을 짓는 아기는 불만의 원인이 제거되었을까. 전혀 그럴 리 없다. 단지 망각되었을 뿐이다. 이 망각에서 깨어나는 순간은 공갈 젖꼭지에서 젖이 나오지 않는다는 자명한 사실을 깨닫는 순간과 일치할 터. 하여, 공갈 젖꼭지를 입 밖으로 밀어냄과 동시에 터져 나오는 두 번째 울음은 첫 번째 울음보다 더 서럽고 절망적이다. 하지만 첫 번째 울음의 의미조차 몰랐던 엄마가 그보다 훨씬 중의적인 두 번째 울음의 의미를 해독할 리는 만무. 공갈 젖꼭지가 떨어져서 우는 줄로만 알고, 다시 그것을 주워 아기 입에 넣어 주며 달래기에 성공했다고 자인한다. 그런 식으로 아기는 공갈 젖꼭지에 길들여지면서 자신의 본래 욕구와 차츰 멀어지게 된다.

어른이 되어 다시 만난 '공갈빵'을 씹으며 잠시 공갈 젖꼭지의 추억에 젖는다. 아무리 먹어도 결코 배가 부르지 않는, 크기만 엄청나지 속은 텅 빈 공갈빵은, 그 정체를 모르는 사람에게는 그야말로 범죄적 배반감을 안겨 줄 것이다. 나이가 들어갈수록 주렁주렁 타이틀만 요란해지는 나 자신이 문득 공갈빵을 닮은 것 같아 부끄럽다.

그러고 보면 통과 의례처럼 저마다 공갈 젖꼭지를 물고 자라는 동안, 우리는 모두 자신의 참된 욕구를 모르거나 혹여 안다 해도 무시하도록 길러진 게 아닌가 싶다. 나 자신만 해도 이 나이를 먹도록 도대체 내가 진정 원하는 게 무엇인지를 정확히 알기가 가장 어렵기에 하는 소리다. 인터넷 쇼핑몰에서 모델이 걸친 옷이 하도 예뻐 보이기에 코디한 그대로 주문을 했다가 낭패를 본 적이 한두 번이 아니다. 분명 똑같은 옷인데, 거울에 비친 내 모습은 인터넷 화면에 떠 있던 이미지와 어째 그리도 다르냐는 말이다. 이런 일을 자주 겪으면 포기도 빨라져서 얼른 다른 상품으로 욕구 이동을 하게 된다. 그렇게 변덕을 부리다가 문득 깨닫게 되는 또 하나의 불편한 진실! 그토록 간절히 원했던 것이 실상은 자기기만이었구나.

**구미정, 「'공갈 젖꼭지'의 불편한 진실」(서울신문, 2012. 6. 30.) 중에서**

((**

단한번의
기회

- 이명랑

# 읽기 전에

　　경시대회나 경연대회에서 상을 타지 못했을 때, 원하는 학교에 입학하지 못했을 때, 노력했는데도 좋은 점수를 얻지 못했을 때 우리는 절망합니다. 이럴 때 부모님이나 선생님은 훌륭한 위인들의 이야기를 들려주며 우리를 위로합니다. 위대한 과학자 아인슈타인도 늘 낙제점을 받아 겨우 대학에 들어갔으며, 특허국 직원으로 평범하게 살다가 특수 상대성 이론을 발표하고서야 주목받기 시작했고, 스마트폰 열풍을 일으킨 스티브 잡스도 자기가 만든 회사에서 쫓겨나기도 했지만 성공했다고 말하면서요.

　여러분은 성공과 실패라는 말을 떠올리면 어떤 생각이 드나요? 1등을 하는 것, 돈을 많이 버는 것, 남들에게 주목받는 것이 성공일까요? '오디션 열풍'이라고 할 정도로 끝없이 경쟁을 시켜 성공한 사람과 실패한 사람을 가려내는 TV 프로그램을 보면 어떤 생각이 드나요? 내가 살고 있는 이곳이 바로 서바이벌 프로그램의 현장이라면, 웃으면서 지켜볼 수 있을까요? 여기, 17살에 치르는 단 한 번의 시합으로 인생의 모든 것이 결정되는 이야기가 있습니다. 시합에서 승자가 되지 않으면 버려진다고 생각하는 주인공의 마음에 여러분도 공감하나요? 1등만 중요하고 다른 삶은 헛된 것일까요? 소설을 읽으며 성공과 실패의 진정한 의미에 대해 생각해 봅시다.

단
한
번
의
기
회

◇◇◇

자식을 바꿀 수 있을까?

나라면…… 절대로 바꿀 수 없다. 그러나 아빠, 엄마라면?

나는 빠르게 주위를 훑어본다. 운동장을 둥글게 에워싼 광장식 계단을 꽉 메운 사람들. 대부분 오늘 테스트에 임하는 아이를 자녀로 둔 부모들이다. 열심히 자녀들을 응원하는 어른들 사이에서 나는 아빠, 엄마를 찾아 두리번거린다. 아무리 찾아도 없다고 생각한 순간, 차가운 은빛으로 빛나는 안경이 눈에 들어온다. 아빠다. 아빠 옆으로 엄마와 할아버지, 할머니도 앉아 계신다.

컥, 숨이 막힌다. 우리 가족이 앉아 있는 곳을 확인하자마자 누군가 목을 조르는 것처럼 숨이 막혀 온다. 흰 현수막 위에 금빛으로 화려하게 새겨진 글자들이 시야를 가득 메운다. VIP. 금빛으로 빛나는 VIP라는 글자들 옆으로 봉황 두 마리가 이제 곧 하늘을 향해 날아오를 듯이 날개를 펼치고 있다. 그 활짝 편 날개 옆에 우리 가족은 앉아 있다.

비좁은 자리에 앉아 서로 어깨를 부대끼며 자식들을 응원하다 말고 어른들은 가끔씩 VIP석을 곁눈질한다. 대놓고 쳐다보지는 못하지만 이따금 VIP석에 앉아 있는 사람들을 훔쳐보는 사람들의 눈에는 부러움과 질투심이 묘하게 뒤섞여 있다.

저기 앉아 있는 사람들은 어떤 사람들이지?

얼마나 돈을 많이 벌어야 VIP석에 앉을 수 있는 거야?

아들아! 봤지? 네 눈에도 저기 VIP석에 앉아 있는 사람들이 보이지? 너만이라도 제발 저 자리에 앉아 다오!

사람들이 던지는 수많은 물음표들과 느낌표들을 아무렇지 않게 상대하며 허리를 꼿꼿이 세우고 있는 아빠와 엄마. 그리고 그 옆에서 아빠, 엄마보다 더 태연하게 발밑의 사람들을 내려다보는 할아버지와 할머니. 바로 내 가족이다.

어른이 되면 나도 저 자리에 앉을 수 있을까?

앞으로도 나는 우리 가족의 일원일 수 있을까?

"자! 전원 출발선 앞으로!"

사회자가 붉은 깃발을 번쩍 들어올린다.

와- 하는 함성과 함께 수많은 아이들이 출발선 앞으로 달려간다. 나도 질세라 뛰어간다. 시작이 절반이다, 라고 아빠는 늘 말한다. 맞는 말이다. 시작에서부터 뒤처지면 절대로 따라잡을 수 없다.

나는 내 앞을 가로막고 달리는 아이들 두, 세 명을 어깨로 밀치며 앞으로 뛰어간다. 누군가 내가 했던 방식과 똑같은 방식으로 내 어깨를 밀치고는 빠르게 내 앞을 스치고 달려 나간다. 나보다 머리 하나는 키가 큰 녀석이다.

누가 너 따위에게 질 줄 알고!

나는 어금니를 악문다.

간신히 내 어깨를 치고 달려간 녀석보다 한발 앞서 출발선 앞에 도착했다. 다행히 정중앙이다.

**"모두 집중! 첫 번째 미션이다! 참가 인원은 모두 100명, 카트는 50개! 먼저 뛰어가 카트를 잡는 사람만이 두 번째 미션에 참가할 수 있다!"**

순식간에 사회자의 설명이 끝났다. 사회자는 번쩍 들어 올렸던 붉은 깃발을 밑으로 내리고 출발선 앞에 서 있는 아이들을 둘러본다. 정적이 흐른다. 이제 저 붉은 깃발이 하늘을 향해 날아오르면 운명이 결정된다. 앞으로 내게 남아 있는 생(生)이!

나는 주문을 외우듯 기억해야 할 사항들을 작게 웅얼거린다.

"카트는 50개…… 카트는 50개…… 카트는 50개…… 카트는 50개……"

승리의 주문을 외우며 카트들을 노려본다. 열 개씩, 다섯 줄이다. 내 눈은 운동장의 카트들과 출발선 앞에 서 있는 아이들을 빠르게 스캔한다. 내가 서 있는 곳은 정중앙! 양 옆으로 멀찍이 서 있는 녀석들보다 내가 더 빨리 카트를 잡을 수 있다! 역시 시작이 절반이다!

나는 어금니를 악문다. 사회자가 움켜쥔 붉은 깃발을 노려본다.

자, 어서 시작해!

빨리 깃발을 흔들라구!

나는 좀 더 빨리 달려 나가려고 무릎을 굽힌다. 몸의 중심을 앞으로 이동한 채 숨죽인다.

"출발!"

붉은 깃발이 하늘로 날아올랐다. 나는 뛴다. 수많은 아이들이 뛴다. 나는 질 수 없다. 수많은 아이들이 나를 밀치고 뛴다. 나는 수많은 아이들의 어깨를 밀치고 뛴다. 누군가 넘어진다. 누군가 비명을 내지른다. 누군가 운동장 바닥에 나뒹군다. 그러나 나는 아니다.

나는 카트를 잡았다!!!

저기 봉황 두 마리가 날개를 펼치고 있는 곳에서, 누구나 다 우러러보는 VIP석에서 아빠, 엄마가 지금 내 모습을 지켜보고 있다!

나는 카트의 손잡이를 꽉 움켜쥔다. 내가 뛰어가야 할 곳을 노려본다. 그런데 카트를 잡지 못한 녀석들은 아직도 이리저리 우왕좌왕하고 있다. 그중에는 다른 녀석이 밀고 가는 카트에 치여 넘어진 녀석들도 있다. 넘어진 녀석들은 울상을 한 채 일어날 생각조차 하지 않는다. 낙오된 녀석들. 경쟁에서 뒤처진 녀석들. 이런 녀석들은 늘 똑같다. 투지가 없다. 패배와 실패를 고분고분 받아들인다.

쳇, 한심한 녀석들!

나는 휙 몸을 돌려 2차 미션이 시작되는 곳으로 달려간다. 나보다 머리 하나는 더 큰 녀석이 나를 향해 달려온다. 분명하다. 녀석은 내 카트를 뺏으려고 달려오는 거다.

"카트는 50개…… 카트는 50개…… 카트는 50개…… 카트는 50개……"

나는 승리의 주문을 외친다. 승리의 주문을 외치며 녀석을 향해 카트를 밀고 돌진한다. 내 것을 빼앗으려고 오는 사람은 그 사람이 누구든 내게는 더 이상 사람이 아니다. 이 녀석도 내게는 성난 황소일 뿐이다. 나는 성난 황소를 향해 돌진한다. 카트를 밀고 돌진한다. 성난 황소는 내가 민 카트에 배를 맞고 뒹군다. 녀석이 몸을 추스르기 전에 끝장

을 봐야한다. 나는 넘어져 뒹구는 녀석의 손등 위로 카트를 밀고 지나
간다. 녀석의 입에서 굉장한 신음소리가 터져 나온다. 나는 뒤돌아보
지 않는다. 그대로 앞을 향해 뛰어간다.

와! 와!

사방에서 함성이 들려온다. 운동장을 둥글게 에워싼 계단을 가득 메
운 사람들, 지금 앞으로 남은 생生을 걸고 전력을 다해 테스트에 임하
는 아이들을 자녀로 둔 부모들이 소리치고 있다. 그러나 카트를 잡지
못한 50명의 아이들의 부모들은 일어나 소리치는 대신 비탄의 한숨을
내쉬고 있으리라.

**"모두 집중! 두 번째 미션이다! 5분 안에 카트에 물건을 담아라! 어
떤 물건이든 상관없다! 제한 시간은 5분! 단, 2만 원에 가장 근접한 금
액의 물건을 담아온 사람이 1등이다!"**

사회자가 붉은 깃발을 번쩍 들어올린다. 나는 운동장 한쪽에 마련되
어 있는 진열대를 향해 달려 나간다.

"이건 내가 먼저 집었다구!"

방부제 섞인 햄이 산뜩 놓여 있는 진열대 앞에서 두 명의 남학생이
싸우고 있다. 나는 빠르게 녀석들을 스치고 지나가 녀석들이 놓고 다
투는 햄이 든 캔을 집어 카트에 담는다. 녀석들은 내가 햄이 든 캔을
가져간 줄도 모르고 계속 싸우고 있다.

멍청한 녀석들!

나는 다시 승리의 주문을 외우기 시작한다. 이미 획득한 카트는 빼
고 남아 있는 미션만 머릿속에 각인시킨다.

"제한 시간 5분! 2만 원! 제한 시간 5분! 2만 원! 제한 시간 5분! 2만 원!"

햄이 든 캔 옆으로 스모크 햄과 비엔나 햄과 떡볶이 떡과 고추장과 색종이와 스케치북과 딱풀 따위가 쌓여 간다.

"2만 원! 2만 원!"

나는 주문을 외치며 진열대들을 빠르게 훑어본다. 가능한 한 2만 원에 가까운 금액으로 장을 보려고 애쓴다. 그리고 하나 더! 카트에 담은 식품이나 물건들로 내가 무엇을 할 수 있을지도 함께 생각한다.

지금까지의 생生은 언제나 똑같았다.

1단계 미션을 끝내면 2단계의 미션이 제시되었다. 2단계의 미션을 끝내면 반드시 3단계의 미션이 제시되었다. 지금 내가 내 남은 생生을 걸고 임하는 이 테스트 역시 마지막 한 사람의 승자만이 남을 때까지 몇 번이고 계속해서 미션은 제시되리라.

"10! 9! 8!……"

운동장을 둘러싼 계단에서 카운트다운을 외치는 부모들의 목소리가 들려온다. 누가 먼저 카운트다운을 시작했는지는 모른다. 혹여 자신의 아이가 5분 안에 결승선 안으로 들어오지 못할까, 걱정이 된 부모 중의 한 사람이 실수인 듯 외치기 시작했으리라. 이제 카운트다운을 알리는 외침은 운동장을 집어삼키고도 남을 정도다. 내 자식이 승자가 되기를 염원하는 소리가 고막을 찢을 듯하다.

"5! 4! 3! 2! 1!"

나는 제한시간 안에 결승선 안으로 들어왔다. 아주 간신히.

휴우- 카트 앞에 서서 가쁜 숨을 몰아쉬는데 누군가 자신의 카트로 내 카트를 들이받는다.

다른 자리도 많은데 대체 뭐야?

눈을 치켜뜨고 보았더니, 그 녀석이다. 나보다 머리 하나는 더 큰 녀석. 내 카트를 빼앗으려고 나를 향해 돌진해 왔던 녀석. 내가 민 카트에 배를 맞고 운동장 바닥에 나가떨어졌던 녀석. 그러나 녀석은…… 카트를 밀고 와 내 옆에 서 있다.

나는 내 카트의 손잡이를 움켜쥐고 녀석을 노려본다. 녀석도 카트의 손잡이를 움켜쥐고 나를 노려본다. 카트 손잡이를 움켜쥔 녀석의 손등이 퍼렇다. 녀석의 눈빛만큼이나.

나를 노려보는 녀석의 눈빛, 성난 황소의 눈빛, 아니 한번 해보자는 눈빛, 아니 절대로 질 수 없다는 눈빛……이 낯익다. 나도 모르게 소름이 돋는다. 나를 소름 돋게 하는 눈빛…… 그 앞에만 서면 늘 주눅이 들어 버리는 눈빛…… 아빠의 눈빛!

나도 모르게 VIP석에 앉아 있는 아빠를 쳐다본다. 멀어서 아빠의 눈빛을 확인할 수는 없다. 그러나 아빠가 쓰고 있는 은회색의 안경은 언제나처럼 차갑게 빛나고 있다. 그 차가운 반짝거림이 나를 숨 막히게 한다.

정말 자식을 바꿀 수 있을까?

나라면…… 절대로 바꿀 수 없다. 그러나 아빠라면?

아빠라면 그럴지도. 아빠라면 '어쩌면'이 아니라 '확실히' 그럴 수 있다.

카트 손잡이를 움켜쥔 손이 덜덜 떨린다. 휴우- 크게 숨을 내쉰다. 그러나 생각은 멈추지 않는다. 아빠, 엄마 옆에 앉아 있는 할아버지와 할머니를 보는 순간, 희박한 가능성은 확신으로 변한다.

그래, 아빠라면 자식을 바꿀 수 있는 이 단 한 번의 기회를 놓치지 않을 것이다!

할아버지와 할머니 역시 친자식을 버리고 아빠를 선택했으니까. 아빠, 엄마 역시 얼마든지 같은 선택을 할 수 있다. 그것이 좀 더 현명한 선택이니까!

언제부터 이런 법이 시행되어 왔는지 정확히 아는 사람은 없다. 계속 이어져 내려온 법이었고, 이 법을 지켰기에 우리 나라는 강대국이 되었다. 이제 막 17세 생일을 맞은 청소년들은 고등학교 입학식을 앞두고 딱 한 번, 남녀를 불문하고 모두 나라에서 시행하는 테스트를 받아야 한다. 정부는 아이큐 테스트에서부터 언어 능력, 수리 능력, 과제 집착력까지, 아이들이 가진 모든 능력을 테스트한다. 남자는 남자끼리, 여자는 여자끼리, 17세 생일을 맞은 아이들은 100명씩 이 운동장에 모여 테스트를 받아야만 한다. 테스트는 삼 일에 걸쳐 진행된다. 겨우 삼 일 동안의 테스트이지만 개개인의 성격이며 승부욕, 능력들까지 모두 판가름할 수 있는 테스트이다. 삼 일 동안의 점수를 합하면 순위가 결정된다. 1등부터 100등까지.

함께 테스트를 받은 100명의 아이들, 그리고 그 아이들을 지켜본 부모들. 아이들의 순위가 매겨지면 부모들은 자녀를 선택할 수 있다. 물론 상위 1퍼센트에 속하는 계층의 부모들이 먼저 자녀를 선택할 권리를 갖는다. 물론 자신의 자녀를 선택해도 좋다. 그러나 자신의 자녀를 선택하지 않고 더 우수한 아이를 선택해도 좋다. 이 순간의 선택으로 부모자식 관계가 성립되면 죽을 때까지 바꿀 수 없다. 설령 친부모라 해도.

삼십 년 전, 할아버지와 할머니는 친아들을 선택하지 않고 아빠를 선택했다. 자신의 아이가 속한 그룹에서 1등을 한 우수한 아이를. 아빠는 가끔 그날을 회상하곤 한다. 만약 그날 할아버지와 할머니가 자신을 선택하지 않았다면, 아빠는 지금도 극빈자로 살고 있었을 거라고. 아빠의 친부모는 극빈층이었으니까. 아빠가 아무리 뛰어난 능력을 갖고 있다 해도 극빈층의 부모는 자녀를 위해 해 줄 수 있는 것이 아무것도 없으니까.

"상위 1퍼센트에 속하는 부모야말로 상위 1퍼센트에 속하는 자녀를 키워야 해! 생각해 봐라! 상위 1퍼센트에 속하는 뛰어난 아이들이 못난 부모 밑에서 고생하다 재능을 꽃피워 보지도 못하고 극빈층으로 전락해 버리는 모습을. 이 나라가 지금처럼 부강한 나라가 된 것은 모두 자녀선택권이라는 법이 있기 때문이란다. 뛰어난 아이를 자식으로 선택하는 것! 그것이야말로 애국이다!"

어디선가 아빠의 목소리가 들려오는 듯하다. 확신에 찬 그 목소리, 조금의 망설임도 없이 상위 1퍼센트의 부모야말로 상위 1퍼센트에 속하는 자녀를 키워야 한다고 말하던 그 목소리!

신념에 찬 그 목소리가 정신을 번쩍 들게 한다. 나는 세차게 고개를 내젓는다. 머리를 흔들어 젖은 물기를 털어내듯 쓸데없는 불안과 잡념을 털어 버린다.

"자! 모두 집중! 이제 모두 차례로 줄을 선다. 자기 차례가 오면 계산대 위에 카트에 실은 물건들을 올려놓는다. 2만 원에 가장 가까운 사람이 1등이다!"

사회자가 붉은 깃발을 흔든다. 동시에 스무 명 남짓한 아이들이 계산대 앞으로 가서 줄을 선다. 5분 안에 결승선 안으로 들어오지 못한 아이들은 이미 탈락하고 없다.

어느새 나를 노려보던 녀석은 나를 지나쳐 사회자가 있는 쪽으로 가까이 가고 있다. 아직 2차 테스트는 시작되지 않았다. 그러나 녀석은 미리 좋은 자리를 차지할 생각이다. 시작이 절반이다, 라는 사실을 저 녀석 역시 알고 있는 것이다.

누가 너 따위에게 질 줄 알고!

나는 서둘러 카트를 밀며 계산대로 뛰어간다. 계산대 위에 아이들이 올려놓은 물건들이 수북하다.

"일만팔천이백육십 원! 일만칠천삼백칠 원! 일만팔천구백이십 원! 일만이천육백 원!"

사회자가 물건 값을 소리칠 때마다 함성과 한숨이 동시에 터져 나온다. 좀 더 2만 원이라는 금액에 가까운 물건들을 가져온 아이의 입가에는 미소가 흘러넘친다. 그러나 그 미소는 곧 한숨과 울음으로 돌변한다. 자신보다 더 좋은 점수를 받은 아이가 나타나기 때문이다.

이제 곧 내 차례가 돌아온다. 나는 아빠와 똑같은 눈빛으로 나를 노려보던 녀석의 카트 안의 물건들을 빠르게 훑어본다. 아무래도 불안하

65

단 한 번의 기회

다. 녀석이 좀 더 2만 원에 가까운 금액으로 장을 봐 온 것만 같다. 아랫입술을 잘근잘근 깨문다.

녀석이 이기면 어쩌지?

앞으로 3차 테스트도 남아 있는데…… . 녀석보다 높은 점수를 확보해야만 한다. 앞으로 있을 3차 테스트에서 녀석을 확실히 이기려면 앞서가야만 하는데…… .

나도 모르게 아랫입술을 자근자근 깨문다. 순간 움찔하며 VIP석에 앉아 있는 아빠를 본다. 휴우- 다행히 아빠는 내가 아랫입술을 깨무는 모습을 보지 못했나 보다. 긴장하면 나도 모르게 아랫입술을 깨무는 버릇이 있는데, 아빠는 내가 아랫입술을 깨물 때마다 내 손등을 후려친다. 내가 아랫입술을 깨무는 것, 그것이야말로 나약함의 증거라는 것이다. 마음의 불안을 남 앞에 드러내는 짓은 절대로 하지 말라는 것이 아빠의 가르침이다. 휴우- 나는 크게 숨을 내쉰다. 아랫입술을 깨물지 말아야겠다고 다짐하며 계산대 위에 내 물건들을 올려놓는다!

"일만구천구백삼십 원!"

사회자가 내 물건 값을 외친다. 입가에 미소가 퍼진다. 나도 안다. 이렇게 감정을 그대로 드러내면 안 된다는 것쯤은. 그래도 쉽게 미소를 거둘 수 없다.

내가 1등이다!

나는 보란 듯이 VIP석을 향해 손가락 두 개를 펴 보인다. 내가 승리의 V를 하늘 높이 들어올리자 마자 여기저기서 와- 하는 함성이 울려퍼진다. 나는 보란 듯이 나를 노려보던 녀석을 향해 나의 승리의 V를 들이민다. 녀석이 피식 웃는다.

곧 녀석의 머리 위에서 사회자의 목소리가 울려 퍼진다.

"일만구천구백칠십 원!"

녀석은 나보란 듯이 손가락 두 개를 들어 올려 승리의 V를 내 앞에 들이민다. 이제 함성은 녀석의 몫이다. 녀석은 나를 누르고 1등을 거머 쥔다. 내 입가의 미소는 한숨으로 바뀐다. 나는 아랫입술을 잘근잘근 씹기 시작한다.

**"집중! 모두 집중! 마지막 미션이다! 이제 15등까지만 저쪽에 마련되어 있는 천막으로 이동한다! 지금부터 호명하는 사람들은 각자 장봐 온 물건들을 다시 카트에 싣고 천막으로 이동한다! 1등 12번! 2등 27번! 3등 95번……"**

사회자가 제 번호를 호명하자마자 아이들은 급히 카트에 물건을 주워 담기 시작한다. 천막을 향해 뛰어간다.

1등 12번! 나를 노려보던 녀석의 번호는 12번!

나는 나보다 한 발 앞서 뛰어가는 12번의 등짝을 노려본다.

절대로 질 수 없어!

나는 내 앞을 가로 막는 아이라면 누구든 서슴지 않고 카트로 밀어 버린다. 내 카트에 치인 녀석들이 뒤쫓아 온다. 나는 뒤돌아보지 않는다. 내 눈은 오직 2차 테스트에서 1등을 거머쥔 12번이라는 번호만을 노려본다. 12번은 벌써 제 번호가 크게 쓰여 있는 천막 안으로 뛰어 들어간다. 나는 서둘러 천막을 휘둘러본다. 12번과 95번 사이에 27번의 천막이 있다.

단 한 번의 기회

천막 안에 작은 조리대와 싱크대가 마련되어 있다. 조리대 위에 스톱워치와 미션이 담긴 종이봉투가 놓여 있다. 나는 떨리는 손으로 종이봉투를 열어 본다.

> **카트에 담아온 물건들로 요리를 만들어라!**
> **제한 시간은 20분!**

좋았어!

2차 테스트와 3차 테스트가 반드시 연관되어 있을 거라는 내 짐작이 맞아 들었다. 나는 카트에 담아 온 물건들 중에서 요리 재료로 쓸 수 있는 것들만 골라 빠르게 조리대 위에 올려놓는다. 조리대 위에 햄이 든 캔과 스모크 햄과 비엔나 햄과 떡볶이 떡과 고추장을 늘어놓고 먼저 냄비에 적당량의 물을 붓는다.

내가 만들 요리는 부대찌개. 이 요리라면 얼마든지 만들 수 있다. 아빠는 상위 1퍼센트의 부모에게 선택되어 17세 때부터 고급 요리만을 먹으며 살아왔다. 환경 오염 물질이 조금도 섞이지 않은 순수 백 프로의 유기농 채소만을. 그런데도 가끔 극빈층의 부모와 살 때 먹곤 했던 부대찌개를 직접 요리해 먹곤 한다.

"이것만은 끊을 수가 없다니까!"

손수 끓인 부대찌개를 한 숟가락 떠 입에 넣으며 흐뭇한 미소를 짓는다. 그러나 곧 아빠의 미소는 화난 얼굴로 바뀐다.

"평생 이런 것들만 먹고 살았다면 난 벌써 성인병에 걸려 죽고 말았을 거야!"

그러고는 미션을 해치우듯이 부대찌개를 후다닥 먹고는 자리에서 벌떡 일어나곤 했다. 물론 냄비 밑바닥에 남아 있는 방부제 섞인 햄들을 내려다보며 진저리치는 것을 잊지 않았다.

째깍째깍째깍째깍- 스톱워치의 시간이 빠르게 앞으로 달려 나간다. 옆 천막에서 칼질 소리가 들려온다.

대체 12번은 무슨 요리를 만들고 있는 걸까? 칼질을 하는 것이 아니라 칼로 도마를 내려찍는 듯한 소리가 들려온다. 내 마음도 덩달아 급해진다.

"앗!"

방부제 섞인 사각형의 햄이 든 캔의 뚜껑을 따다 손가락을 베였다. 휴지로 닦을 시간조차 없다. 나는 베인 손가락을 입으로 빨며 빠르게 칼질을 해댄다. 큰 덩어리의 사각형 햄을 네모반듯하게 자르고 스모크 햄과 베이컨 햄을 아무렇게나 냄비 속에 붓는다. 마지막으로 떡볶이 떡을 넣고 고추장을 푼다.

좋았어!

이제 잘 끓이기만 하는 거야!

숟가락을 들고 한 입, 국물 맛을 보는데, 천막 밖에서 와- 하는 소리가 들려온다. 12번이 있는 천막에서 들려오던 칼질 소리가 들려오지 않는다.

뭐지? 12번이 벌써 요리를 끝낸 거야?

나는 불의 세기를 좀 더 강하게 한다. 내가 만든 부대찌개는 어쩐 일인지 끓을 생각을 하지 않는다.

째깍째깍째깍째깍–

스톱워치의 시간이 제한 시간을 향해 빠르게 달려가고 있다. 나는 숟가락을 들고 내가 만든 부대찌개를 내려다본다. 방부제가 잔뜩 든 햄들……이 나를 빤히 올려다본다. 어디에선가 아빠의 목소리가 들려오는 것만 같다.

"평생 이런 것들만 먹고 살았다면 난 벌써 성인병에 걸려 죽고 말았을 거야!"

1등을 하지 못한다면, 아니 상위 1퍼센트 안에도 들지 못한다면, 어쩌면 아빠는 나를 선택하지 않을지도 모른다.

어쩌면 나는 평생 이런 음식들만 먹고 살게 될지도 모른다.

어쩌면 옆 천막의 12번이 내 방과 내 침대와 내 욕실을 차지할지도 모른다.

"아니야! 절대로 지지 않아!"

나는 이제야 끓기 시작하는 부대찌개를 내려다본다. 냄비 밑바닥에 남아 있는 부대찌개 찌꺼기들을 내려다보던 아빠와 똑같은 표정으로 똑같이 진저리치기 시작한다.

**"동작 그만! 모두 천막 밖으로 나온다! 30초 안에 천막 밖으로 나오지 않는 자는 자동 탈락이다!"**

나는 후다닥 불을 끈다. 아직 찌개는 다 끓지 않았다. 그래도 할 수 없다. 여기서 자동 탈락이라니! 나는 어금니를 악문다. 천막 밖으로 달려 나간다.

"뭐냐 너? 어디 쓰레기통에라도 빠졌다 온 거냐? 어휴, 냄새!"

등짝에 12번을 단 녀석이 부러 내 옆으로 와서는 코를 킁킁거린다. 나도 모르게 팔을 들어 올려 옷에서 무슨 냄새가 나나, 하고 냄새를 맡고 만다. 그랬더니 12번 녀석은 기다렸다는 듯이 인상을 쓰며 제 코를 싸쥔다.

"이게 진짜!"

하마터면 나도 모르게 12번 녀석을 향해 주먹을 날릴 뻔했다. 괜한 신경전이라는 것을 뻔히 알면서도 흥분해 버리고 만다. 다행히 내가 주먹을 날리기 전에 먼저 녀석의 입꼬리가 한쪽으로 말려 올라갔다. 그 비웃음에 나는 번쩍 정신이 든다.

어느새 운동장 정중앙에 심사대가 마련되고 아이들이 만든 음식들이 번호표를 달고 천막에서 심사대 위로 옮겨진다. 내가 만든 부대찌개 옆으로 참치김치찌개와 주먹밥과 계란말이 등등의 음식들이 놓인다. 뭐 대부분 엇비슷한 정도의 음식이다. 이 정도면 뭐 그렇게 나쁠 것 같지는 않다고 생각하는데 12번 천막 쪽에서 우와- 감탄사가 들려온다. 진행요원이 12번 천막에서 들고 나온 문제의 요리가 심사대 위에 놓인다.

대체 뭐지?

나는 고개를 길게 뺀다. 유리접시 위에 울긋불긋 꽃이 피어 있다. 나는 좀 더 길게 고개를 빼고 문제의 요리를 살핀다. 잡채다. 잘 썰어 먹음직스럽게 볶아낸 당근, 양파, 계란지단이 노릿노릿한 당면을 꽃처럼 덮고 있다.

세상에, 잡채라니!

20분 만에 잡채를 만들어 내다니! 그것도 5분 안에 장 본 재료들로 잡채를 만들어 내다니!

나도 모르게 아랫입술을 잘근잘근 깨문다. VIP석에 앉아 있는 아빠를 쳐다본다. 멀어서 아빠의 표정을 확인할 수는 없다. 그러나 아빠의 시선은 내가 아닌 심사대 위에 놓여 있는 잡채에 고정되어 있다. 나는 아빠를 바라본다. 마음속으로 외친다.

아빠! 제가 만든 음식은 저 잡채가 아니라 부대찌개란 말이에요. 아빠가 이것만은 절대로 끊을 수 없다던 바로 그 부대찌개라구요!

그러나 내가 아무리 절박하게 외쳐도 아빠는 내 마음의 소리를 듣지 못한다. 심사가 진행되는 내내 내가 만든 부대찌개라 아니라 12번 녀석이 만든 잡채를 보고 있다.

**"이제 3차 테스트 결과를 발표하겠습니다! 1등은 12번의 잡채! 2등은 27번의 부대찌개! 3등은……"**

내 귀에는 사회자의 말소리가 더 이상 들려오지 않는다.

12번이 1등이라니! 내가 밀려나다니!

더 이상 서 있을 힘도 없다. 이제 곧 3일 동안 치러진 테스트의 종합 점수가 발표되리라. 보나마나 12번 녀석이 1등이다. 보나마나 나는 2등이 아니면 3등이다. 이제 곧 종합 순위가 발표되고 상위 1퍼센트에 속하는 부모들이 먼저 차례대로 자식을 선택하게 되리라.

어디선가 아빠의 목소리가 들려오는 것만 같다.

"뛰어난 아이를 자식으로 선택하는 것! 그것이야말로 애국이다!"

신념에 찬 아빠의 목소리. 단호한 아빠의 목소리!

어쩌면…… 아빠는 내가 아니라 나보다 뛰어난 12번 녀석을 선택할지도 모른다. 생각만으로도 다리가 후들거린다. 발끝에서 시작된 떨림은 어느새 혈관을 타고 올라와 심장까지 전해진다. 나는 부들부들 떨며 12번 녀석을 쳐다본다. 내 시선을 느꼈는지 녀석도 고개를 돌려 나를 쳐다본다. 사냥감을 앞에 둔 맹수와 같은 눈빛으로. 아빠와 똑같은 눈빛으로.

아빠는 과연 나를 선택할까?

만약에 아빠가 자신과 똑같은 눈빛을 가진 저 녀석을 선택한다면? 아니야, 그런 일은 절대로 없을 거야! 그러나 생각은 어느새 나를 앞질러 달려간다. 내 책상, 내 침대, 내 방을 차지한 녀석의 모습이 눈앞에 어른거린다. 내 자리에 앉아 내 가족에 둘러싸여 밥을 먹고 TV를 보는 녀석의 모습이 현실인 양 생생히 전해진다.

"학부형들께는 이제 곧 100명의 학생들의 종합 순위표가 전해질 것입니다. 상위 1퍼센트의 부모님들께 먼저 자녀 선택의 권리가 주어집니다. 학부형들께서는 종합 순위표의 학생 이름 옆에 체크를 하시고 댁으로 돌아가시기 바랍니다! 자, 학생들은 모두 대기실로 집합하세요!"

머리 위에서 안내 방송이 흘러나온다. 아이들이 대기실로 이동하기 시작한다. 진행 요원들이 광장식 계단 정중앙에 있는 VIP석부터 종합 순위표를 전하고 있다. 아빠가 이제 막 전해 받은 종합 순위표를 든 채 나를 바라본다. 그러나 나와 눈이 마주쳤다고 생각한 순간, 아빠의 시선은 어느새 12번 녀석에게 가 있다.

아빠는 과연 내 이름 옆에 체크를 할까?

과연 나를 선택할까?

**이명랑**

한글을 알게 된 뒤로는 혼자 도서관에 가서 노는 일이 많았습니다. 계집애들과 고무줄놀이나 공기놀이를 함께 하기보다는 지켜보거나 그 곁에 앉아 공상하기를 즐겼지요. 지켜보고 공상하는 취미는 훗날 소설 쓰기로 이어졌지요.

지금도 눈뜨자마자 등장인물의 성격, 등장인물의 외모, 등장인물의 욕망, 등장인물의 결핍, 욕망과 결핍이 만들어내는 삶의 무늬를 천장 가득 그려 넣는 것으로 하루를 시작합니다. 낮에는 천장에다 그려 넣었던 이야기들을 노트북에 옮겨 적거나, 십 대 청소년들을 만나 같이 놀려고 학교, 홍대 클럽, 신촌, 동대문 역사문화공원, 대학로 등등을 쏘다녀요. 저녁이면 소설은 왜 쓰나, 소설은 무엇인가 등등, 소설에 대한 생각만 하다 까무룩 잠이 듭니다. 운 좋은 날에는 꿈속으로 소설이 찾아오기도 해요. 이런 나를 사람들은 "소설가"라고 부른답니다.

1998년 장편 소설 『꽃을 던지고 싶다』를 발표하며 작품 활동을 시작했습니다. 그동안 쓴 책으로 『삼오식당』『나의 이복형제들』『구라짱』『폴리스맨, 학교로 출동』『할머니의 정원』 등이 있답니다.

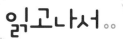

읽고나서..

엄친아와 정면 대결

1. 소설의 줄거리에 따라 '나'의 불안 지수가 어떻게 변해 가는지 표시해 봅시다.

| | 평온하다 | | 다소<br>불안하다 | | 매우<br>불안하다 |
|---|---|---|---|---|---|
| | 0 | 1 | 2 | 3 | 4 |
| 출발선 정중앙에서 시합을 기다릴 때 | | | | | |
| 1차 시합에서 아이들을 밀치고 카트를 차지했을 때 | | | | | |
| 2차 시합에서 2등을 하게 되었을 때 | | | | | |
| 3차 시합에서 음식을 만들 때 | | | | | |
| 시합이 끝나고 자녀 선택을 기다릴 때 | | | | | |

2. 이 소설에 등장하는 인물들은 '경쟁'이나 '1등'에 아주 민감한 사람들입니다. 등장인물의 행동과 심리를 바탕으로 인물 사전을 만들어 봅시다.

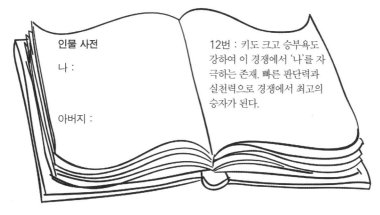

인물 사전

나 :

아버지 :

12번 : 키도 크고 승부욕도 강하여 이 경쟁에서 '나'를 자극하는 존재. 빠른 판단력과 실천력으로 경쟁에서 최고의 승자가 된다.

단 한 번 의 기 회

**3. 다음은 이 소설을 읽고 소설의 결말에 대해 친구들과 문자로 그룹 채팅을 하며 나눈 이야기입니다. 친구들의 의견을 읽고 여러분의 생각을 말해 봅시다.**

> 난 아버지가 '나' 말고 다른 애를 선택할 것 같아. 뛰어난 자식을 선택하는 건 애국이라고 믿는 데다 12번은 눈빛까지도 완전 아버지랑 똑같잖아.

> 아니야, 아버지는 최상위층 할아버지한테 입양되었어도 행복하지 않았던 게 분명해. 부대찌개 맛을 그리워하잖아. 그러니 아마 자식을 바꾸지는 않을 거야.

**4. 성공과 실패에 무작정 휘둘리지 않기 위해서는 내가 할 수 있는 일과 내 힘만으로는 어찌할 수 없는 일을 구분하는 태도가 큰 도움이 됩니다. 여러분이 좌절하거나 실패했던 경험을 떠올려 보고 노력해서 바꿀 수 있었던 일과 노력해도 바꿀 수 없었던 일을 나눠 봅시다.**

| 노력해서 바꿀 수 있었던 일 | 노력해도 바꿀 수 없었던 일 |
|---|---|
| | |
| | |

5. 열심히 노력했지만 결과가 좋지 않았던 경험이 있었나요? 실패했다고 느꼈지만 이를 극복한 경험이 있나요? 최선을 다하면 비록 결과가 나빠도 언젠가는 반드시 지금의 노력을 보상받게 마련입니다. 비록 남들이 인정해 줄 만큼 잘하진 못했지만 최선을 다했던 나를 위해 상장을 만들어 봅시다.

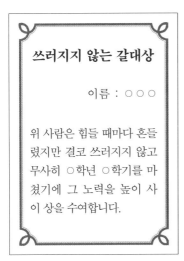

쓰러지지 않는 갈대상

이름 : ○ ○ ○

위 사람은 힘들 때마다 흔들렸지만 결코 쓰러지지 않고 무사히 ○학년 ○학기를 마쳤기에 그 노력을 높이 사이 상을 수여합니다.

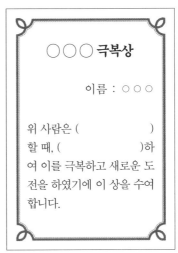

○○○ 극복상

이름 : ○ ○ ○

위 사람은 (                    )할 때, (                    )하여 이를 극복하고 새로운 도전을 하였기에 이 상을 수여합니다.

6. 요즘 들어 대중 매체에서 각종 서바이벌 프로그램들이 인기입니다. 여러분은 매회 탈락자가 나오는 것에 대해 어떻게 생각하나요? 무한 경쟁보다는 패자 부활의 소중함을 이야기하는 다음 글을 읽고 여러분의 생각을 정리해 봅시다.

'나가수'를 통해 얻은 것 중에서 절대 빼놓지 말아야 할 것은 '나가수'가 경

단 한 번 의 기 회

쟁에 대한 우리 사회의 인식에 상당한 깊이의 반성과 전환을 가져왔다는 사실일 것이다. 그중 하나는 등수 매기기보다 더 재미있는 게 경쟁의 내용이라는 깨달음이다. '서바이벌'이라는 단어가 주는 부담감 때문인지 '나가수' 방영 초반에는 누가 어떤 노래를 얼마나 잘 부르느냐보다는 누가 탈락하느냐에 더 관심이 많았다.

오늘밤 누군가 한 명은 떨어져야 한다는 긴박감은 마치 피 냄새가 진동하는 로마 원형 경기장의 한가운데 서서 절망적인 눈빛으로 황제의 손가락 움직임을 좇아야 하는 검투사를 지켜보는 듯한 느낌을 줬다. 이런 긴장이 시청률을 높인 것은 틀림없지만, 무대가 주는 감동에 오롯이 몰입하는 데는 왠지 불편함을 주었던 것도 사실이다. 무조건 살아남아야 하는 검투사에게 몸짓의 내용은 중요치 않다. 하지만 음악은 검투가 아니다.

'나가수'가 한국 사회에 기여한 다른 하나는 경쟁에서 탈락한 것이 패배는 아니라는 인식을 막연하게나마 사람들의 마음속에 심은 것이라 생각한다. '나가수'에서 탈락했다고 그 가수의 가수 인생이 끝난 게 아닌 것처럼 인생의 특정 단계에서 패배했더라도 다음 경쟁 무대는 반드시 있게 마련이다.

쉽게 좌절하고 극단적인 선택을 하는 젊은이가 더 이상 나오지 않게 하려면 한 부문의 경쟁에서 탈락했다고 해서 인생 전체의 패배자로 몰아붙이는 일이 없어야 한다. 또 제도적으로 경쟁이라는 간선도로 사이사이에 쉽게 도로를 갈아탈 수 있는 샛길을 여기저기 만들어야 한다. 경쟁에서 최고의 기량을 발휘하는 사람은 지금 서 있는 자리를 자신에게 주어진 마지막 기회라고 생각하는 이가 아니라, 예선으로 여기는 이다. 그러려면 다음 무대가 존재하고 쇼는 계속된다는 확신을 사회가 줄 수 있어야 한다.

익히 다 아는 얘기지만, 애플의 스티브 잡스와 마이크로소프트 창업자 빌 게이츠, 페이스북 창업자 마크 저커버그, 델 컴퓨터의 마이클 델 등 천재적인 최고 경영자는 모두 대학을 중퇴했다. 그들은 천재로 태어나지 않았다. 실패해도 패자 부활이 얼마든지 가능하다는 믿음이 그들을 천재로 만들었다.

맹찬형, 『따뜻한 경쟁』(서해문집) 중에서

((**

엄마 조금 더
기다려 주면 안
될까요

- 노경실

>>

# 읽기 전에

　　누구나 부모님의 실망한 얼굴을 마주했던 경험이 있을 것입니다. 지금 내 모습은 부모님이 원하는 모습이 아니라는 사실을 확인하는 순간, 어떤 마음이 들었나요? 사람들은 청소년들에게 늘 꿈을 꾸라고 말합니다. 큰 꿈을 꾸고 넓은 세상을 품어야 한다고요. 그런데 그 꿈을 부모가 정해 준다면 그게 과연 진짜 꿈일까요? 게다가 꿈을 이루기 위해서는 점수가 우선이라는 말을 어떻게 받아들여야 할까요? 나 자신의 인생을 스스로 만들어 갈 수 있는 자격은 어떻게 해야 생기는 걸까요?

　소설 속 주인공은 '직업'으로서의 화가가 아닌, 화가로서의 '삶'을 꿈꿉니다. 어려운 집안 형편에도 스스로 학원비를 마련하면서까지 꿈을 향해 열심히 노력하지요. 그러나 주인공을 무척 사랑하지만 집안의 형편을 생각해서 꿈을 양보하기를 원하는 엄마가 주인공의 발목을 잡습니다. 과연 꿈을 이룰 수 있는 자격은 수학이나 영어 성적으로 주어지는 것일까요? 당당하게 자신의 길을 걸어가는 모습으로 자신의 꿈을 증명해 보이겠다는 주인공의 선언은 과연 사회와 부모님에게 받아들여질 수 있을까요? 바로 지금, 그 꿈의 주인공을 만나 봅시다.

엄마 조금 더 기다려 주면 안 될까요

◇◇◇

1.

"초등학교 때는 그렇다 치더라도, 중학생 정도 되면 이미 인생 결정
난 거 아닌가?"

"그렇지! 이미 중학생 때 운명이 판가름 나는 거지."

꿈을 꾸는 걸까?

나는 접착제에 붙어버린 듯한 눈꺼풀을 힘들게 뜨며, 말소리를 찾아
귀를 움직였다. 마치 우리 집 강아지, 폴리처럼.

그러는 사이에도 말소리는 이어졌다.

"그러니까 부모들이 미친 듯이 좋은 동네로 이사 가는 거 아니겠어.
실력 없으면 인맥이라도 쌓아야 하니까. 그래서 준범이네도 이사 간
거 아니야. 빚을 어마어마하게 지면서 말이야."

"칫! 이제 가서 뭐해? 인맥? 그런 건 유치원, 아니 요즘은 산후조리
원에서부터 쌓아야 한다는데, 중2 돼서 뭘 어쩌겠다는 거야? 토박이들
이 패밀리로 받아 줄 거 같아? 대단한 실력자나 재벌 집 자식도 아닌
데!"

나는 힘들지 않게 말소리의 두 주인공을 찾았다. 우리 엄마 또래의
아주머니들이었다.

막차인 마을버스 안에는 나와 내리는 문 바로 앞 자리에 앉은 두 아

84

주머니. 그리고 이어폰을 귀에 꽂고 한 발을 쉼 없이 흔들어 대는 대학생처럼 보이는 남자가 전부였다. 물론 마을버스 기사 아저씨도 있었다.

나는 매주 토, 일요일에는 꼬박 15시간을 피시방에서 알바를 한다. 나는 미성년자이지만 피시방 주인이 친척이라 가능한 것이다. 그냥 숙모라고 부르지만 엄마 말로는 촌수가 꽤 멀다고 했다. 숙모는 나를 알바로 쓰지 않아도 되는데 일부러 나를 위해 돈을 쓰는 것이다. 그래서 숙모는 원치 않게 거짓말까지 하게 된 것이다. 내가 숙모, 그러니까 피시방 주인집 딸인데 엄마의 가게를 도와주는 식으로 말이다.

나의 알바는 중학교 1학년 겨울 방학부터 시작되었다. 피시방에서 집까지 30분 정도밖에 안 되지만 이상하게 버스를 타면 바로 잠에 빠져든다.

그런데 녹초가 되어 시체처럼 쓰러져 자는 나를 깨운 것은 두 아주머니의 대화 속의 주인공처럼 나도 중학생이기 때문이었다. 나는 아주머니들의 말에 더욱 귀를 기울였다.

"그래서 나는 그런 동네로 이사 갈 형편은 안 되니까 우리 민정이 학원 한 과목이라도 더 듣게 하려고 이 짓 하는 거 아니겠어. 내가 대학생일 땐 상상이나 한 일이겠어? 내가 식당에서 서빙을 하다니! 나도 내 전공처럼 독문학 교수나, 하다못해 독일어 번역자라도 하면서 품격 있는 인생을 살고 싶었지."

"나도 우리 태호 아빠가 시부모 아시면 집안 뒤집어진다고 식당일 그만두라고 하지만…… 태호 아빠도 속으로는 완전 말리는 건 아니야.

내가 식당 일하니까 태호 학원을 한 과목 더 들을 수 있거든."

순간, 나는 울컥했다. 마치 우리 엄마가 옆집 수미 엄마랑 하는 얘기 같아서였다.

'우리 엄마도 동네 아줌마들이랑 자식들 얘기할 때면 저런 이야기를 하겠구나……. 잘사는 동네 엄마들이랑 이야기하는 내용이 다르겠구나…….'

지금 엄마는 동네에 새로 생긴 대형 마트에서 일하고 있다. 이번 주는 오후 근무라 새벽 2시가 되어야 집에 올 것이다. 다행인 것은 걸어서 집에 올 수 있는 거리이고, 아빠가 늘 마중을 나간다는 점이다.

'엄마와 아빠는 집까지 걸어오면서 무슨 이야기를 할까?'

운명,

인생,

결정,

판가름,

실력,

인맥,

패밀리,

빚,

재벌 집,

권력자…….

나는 피식 웃음이 나왔다. 공부할 때에는 수십 번을 들어야 외워지는 한심한 암기력인데, 어떻게 아줌마들의 말들이 하나하나, 또렷이 떠오르는지!

나는 두 아줌마의 이야기를 더 듣고 싶었지만 버스에서 내려야 했다.


2.

나는 버스에서 내리자마자 휴대폰을 켰다. 엄마의 특명이다.

"밤길을 걸을 때에는 휴대폰을 켜고 누구랑 통화하는 것처럼 해야 돼! 그것도 위험에서 스스로를 자신을 보호하는 방법 중 하나거든!"

휴대폰의 눈부신 빛줄기에 나도 모르게 얼굴이 일그러졌다.

'그래! 이런 빛! 이런 빛 같은 거 없을까? 내 인생에 필요할 때면 언제든 눈부시게 환하게 비추어 주는 빛 말이야! 그래서 어려운 일, 힘든 일, 슬픈 일, 괴로운 일들이 생길 때마다 알라딘의 램프처럼, 휴대폰의 빛처럼 단숨에 나를 행복하고, 편안하게 만들어 주는 빛 말이야.'

그러나 빛은 사라졌다. 휴대폰의 불빛은 사라지고, 어둠이 내 주위를 휘감았다.

'가짜 빛, 거짓 빛, 싸구려 빛!'

나는 휴대폰에게 저주를 퍼붓듯 중얼거렸다. 그때였다.

"누나!"

"샤론아!"

아빠와 지훈이가 어둠 속의 나를 구출해 주듯이 큰 소리로 불렀다.

"왈왈!"

폴리의 소리는 더 컸다. 왈왈거리는 소리 속에 '지미 누나!' 라는 뜻이 있음을 나는 안다.

원래 내 이름은 지미, 윤지미인데 식구들은 나를 샤론이라고 부른다. 그래서 동네 사람도, 친구들도 모두 나를 샤론이라고 불러 준다. 그래서인지 나는 지미라는 이름보다 샤론이라는 별명 아닌 별명이 더 좋다. 이런 근사한 별명을 만들어 준 사람은 아빠다. 아빠 말로는 샤론은 영어로 'Sharon'인데, 영어권에서는 '새런'이라고 발음하기도 하고, 여자 이름으로 많이 쓰인단다. 또 나라마다, 조금씩 뜻이 다른데, 아름다운 공주, 또는 성스러움, 그리고 아름다운 평원이나 백합을 말하기도 한단다.

아빠는 내가 심하게 사춘기를 겪던 6학년 2학기 때, 이 별명을 지어 주었다. 그러고 보면 아빠는 상당히 지능적인 교육자이자, 치밀한 부모이다. 나를 샤론이란 이름으로 부르고, 그 뜻을 자꾸 나의 머리와 가슴 속에 세뇌시키면서 나의 삐뚤어짐과 왜곡되어 감, 구부러짐 등을 방지했으니 말이다.

"피곤하지, 우리 샤론?"

다른 아빠들 같으면 '피곤하지, 우리 딸?'이라고 할 텐데 아빠는 이런 때에도 지미나 딸이 아닌 샤론이라고 부른다. 정말 대단한 우리 아빠다. 만약 아빠가 독일 사람이라면 게슈타포 요원이, 러시아 사람이라면 케이지비 요원이 되었을지도 모른다.

"괜찮아요. 내가 좋아서 하는 건데요."

나는 진심을 말했다.

"누나, 이거!"

늦둥이 동생인 6살 지훈이는 나에게 식혜 한 팩을 내밀었다. 빨대는 이미 꽂혀 있었다.

"왈왈!"

폴리는 내 운동화에 코를 들이대며 냄새를 맡았다가, 다시 폴짝폴짝 뛰었다.

"지훈아, 오늘도 미미 만났어?"

나는 폴리의 머리를 쓰다듬어주며 물었다. 미미는 요즘 지훈이가 좋아하는 유치원 여자 친구이다.

"응! 며칠 있다가 결혼하자고 말할 거야. 며칠 있으면 만난 지 백 일 되는 날이거든."

지훈이는 자랑스러운 얼굴로 말했다.

"야! 윤지훈! 그럼 너랑 나랑은 만난 지 며칠 째야?"

나는 일부러 화난 목소리로 말했다.

"누나랑은 결혼 안 할 거니까 그런 거 몰라도 돼."

지훈이는 심각한 얼굴로 말했다.

"하하하, 집에서 텔레비전을 일절 못 보게 해도 친구들 만나면 세상 온갖 돌아가는 일을 다 알게 되니 다행인지 불행인지 모르겠구나. 샤론아, 지훈이랑 벌써 세대차이 느끼니?"

아빠가 허탈하게 웃으며 물었다.

"느끼기는 하는데요, 문제는 지훈이가 나보다 세상을 더 잘 아는 것 같아서 화가 나네요."

"그런데 샤론아, 너 꼭 미대 가야 하겠니?"

순간, 나는 발을 멈췄다.

"아빠, 그 얘긴 다 끝난 거잖아요?"

나도 모르게 고함을 지르다시피 했다. 그뿐 아니라 반쯤 마신 식혜 팩을 주먹으로 꽉 움켜쥐는 바람에 식혜가 분수처럼 쏟아져 흘렀다.

"샤론아⋯⋯."

"누나⋯⋯."

아빠와 지훈이는 본능적으로 뒤로 물러서면서 나를 쳐다보았다. 눈치 빠른 폴리도 더 이상 촐랑대지 않았다.

"아빠, 내가 왜 남들 다 쉬고, 즐기고, 놀러다니는 토요일이랑 일요일마다 피시방에서 내 청춘을 썩히겠어요? 이상한 사람들도 많이 오는데요. 내 꿈은 내가 이루어 갈 거라고 말했잖아요. 그리고 엄마 아빠가 처음엔 반대했지만 허락해서 다니는 거 아니에요? 토, 일요일마다 친척 딸로 둔갑해서요⋯⋯. 그런데 왜 또 그런 말을 해요? 도와주지는 못할망정 왜 방해를 해요? 엄마가 또 변심해서 뭐라고 해요? 나보고 주제를 알라고 해요? 올라가지 못할 나무는 쳐다보지도 말라고 했나요? 나보고 현실을 알고 정신 차리라고 해요?"

간간이 지나가는 사람들이 우리 세 식구를 차례대로 훑어보았지만 나는 개의치 않았다. 오히려 누군가라도 "얘야, 이 밤중에 왜 그러니? 뭐가 서럽고 억울해서 그러니?"라고 물어 주길 바랐다. 그러면 나는 마을버스 안에서 들었던 아줌마들의 말처럼 하소연하고 싶었다.

"내 운명, 내 인생은 벌써 판가름 난 건가요? 그런데 어떻게 결정된 거지요?"

눈물이 줄줄 흘렀다.

오른손은 식혜 물로 젖었고, 내 얼굴은 눈물로 젖었다. 그렇다고 내 인생을 화려하고 멋지게 그려 나갈 캔버스마저 젖어들게 하고 싶지는 않다. 그럼 그 캔버스에는 그림을 그리기 힘드니까.

나는 왼손으로 눈물을 닦았다.

지훈이가 울먹이자 아빠는 지훈이를 등에 업었다. 폴리가 그 뒤를 졸졸 따라왔다.

"가자, 샤론아. 걸어가면서 얘기하자."

그러면서 아빠는 집으로 가는 길이 아닌 반대편 길로 향했다.

"샤론아, 한 바퀴 휘 돌고 가자. 괜찮지?"

나는 대답 대신 아빠 곁으로 다가갔다. 아빠 등에 얼굴을 묻은 지훈이는 자는 듯 눈을 감고 있었다.

"아빠 허리 아직 안 나았잖아요? 그냥 집에 가요."

나는 정말 걱정스런 목소리로 말했다.

"괜찮아. 두 달 뒤에는 회사 나갈 수 있어. 봐라. 지훈이를 업고도 아무렇지 않잖아."

아빠는 허리를 곧추세우며 말했다. 그러나 곧 얼굴을 찡그리며 허리를 굽혔다. 아직은 굽히는 게 더 편한 듯했다.

"알았어요. 그래도 조심해요."

나는 일부러 웃음을 지었다.

아빠는 전기 회사에 다닌다. 그런데 지난 여름, 태풍 때에 쓰러진 전신주를 수리하느라 높이 올라가 작업하다가 허리를 다쳤다. 그 후 일 년이 넘도록 일을 못하는 것이다. 그래서 엄마는 대형마트의 계산원

일을 시작했다. 그런데 내가 미대에 갈 거라는 말을 했으니…….

어쩌면 우리 집안의 평화가 깨진 것은 아빠의 사고가 아니라 내가 나의 희망을 말한 그 순간이었는지도 모른다.


3.

작년, 아빠가 사고로 병원에 입원한 지 사 개월째로 넘어가는 즈음이었다.

나는 버릇처럼 수업이 끝나면 학원에 가기 전에 아빠가 누워 있는 병원으로 달려갔다. 처음에는 큰 병원에 있다가, 세 달이 지나자 집에서 가까운 병원으로 옮겼다. 다행히 대전에 사는 외할머니가 올라와서 나와 지훈이를 돌보아 주었다.

나는 처음에 아빠 사고 소식을 들었을 때에는 이렇게 기도했었다.

'하나님, 우리 아빠 살려 주세요. 정 안 되면 식물인간이라도 좋으니 살려만 주세요. 그냥, 존재만이라도 할 수 있게 해 주세요. 아빠라는 존재요!'

그런데 나의 기도가 백 퍼센트, 아니 오백 퍼센트 응답받은 것 같았다. 왜냐하면 아빠는 그냥 '존재'가 아닌, 식물인간도 아닌 '실체'로 회복된 것이다. 물론 당장 회사에 나가지 못 하고, 재활 기간이 길게 되었지만!

"아빠!"

그날도 나는 아빠의 얼굴을 보고, 이야기도 나눌 수 있고, 손님들이 사 온 맛있는 과일이랑 과자를 같이 먹을 수 있는 기쁨에 한달음에 병원으로 달려갔다.

"샤론아, 너도 여기 한번 나가 봐라."

이제 환자복이 어울려 보이기까지 하는 아빠는 나에게 신문을 보여 주었다.

〈전국 청소년 지구 환경 그림 그리기 축전〉

"아빠. 나는 한 번도 그림 대회 나간 적 없어요. 그림은 아무나 그리나요?"

나는 말 그대로 콧방귀를 뀌며, 신문을 내려놓았다.

"샤론아. 상품이 태블릿 피씨야. 최우수랑 대상은 태블릿 피씨를 준대."

"태블릿 피씨요?"

결국 나는 단지 너무도 갖고 싶은 물건 때문에 그림 그리기 대회에 나갔다. 화가가 꿈이어서가 아니었다.

나는 어릴 때에 꿈이 백 개쯤은 있었다. 그런데 꿈이 무얼까? 우리 나라에서는 꿈이 직업인 듯하다. Dream = Job. 왜냐하면……

어른들은 아이들에게 묻는다.

"네 꿈이 뭐니?"

그럼 아이들은 대답한다.

"의사가 꿈이에요."

"연예인이 꿈이에요."

왜 우리들은 '꿈'을 물으면 '직업'을 말하는 것일까?

그런데 나도 그렇다.

유치원 때는 공주가 되고 싶다고 했단다. 엄마의 증언이다.

초등학생이 되고부터는 나도 아주 본격적인 직업을 말했다. 선생님, 요리사, 연예인, 패션 디자이너 등등 셀 수 없이 많았고, 거의 날마다 꿈이 바뀔 정도였다.

그리고 중학생이 되어서는 내가 현실을 조금 알게 되었는지 완전히 직업을 생각하고 말했다. 그래서 선생님, 교수, 공무원으로 좁혀졌다. 그리고 막연히 판타지 세상을 동경하듯 마음속에 패션 디자이너를 가끔씩 그려 보기도 했었다.

절대 화가를 꿈꾸거나, 직업으로 생각한 적이 없었다. 나는 오직 태블릿 피씨가 갖고 싶어 그림 대회에 나갔는데, 무슨 드라마 속 주인공처럼 최우수상을 받은 게 아니라 장려상을 받았다. 하지만 중요한 것은 그림 대회를 통해 나는 스스로 깨달은 게 몇 가지 있었다.

그림 그릴 때 너무 마음이 행복하다는 것, 그리고 제대로 배우면 잘 그릴 것 같은 자신감. 하지만 이제까지 그런 기회를 전혀 갖지 못했다는 것이다. 그래서 나는 결심했다.

'화가가 되자!'

이것은 확실히 큰 변화였다. 그전까지는 꿈이 무어냐는 질문에 직업을 말했다면, 이제는 어떻게 살고 싶은지에 대해 말하게 된 것이다.

나 스스로 그림, 화가에 대해 꿈을 발견하고 그 길로 가겠다고 했을 때에는 단지 직업의 개념이 아니었다. 나는 화가로서의 삶을 살고 싶은 것이다. 화가가 되고 싶은 게 아니라 화가로서의 삶을 마음껏 누리며 살고 싶은 것! 그런데 이상한 일이 벌어졌다.

그저 먹고 살기 위해, 직업의 개념으로 선생님이나 교수, 공무원이라고 꿈을 말했을 때에는 어른들은 모두 나를 칭찬해 주었다.

"그래, 그거 꽤 안정적인 직업이지. 혜택도 많이 받을 거야. 네가 자식을 낳으면 등록금도 혜택받을 걸."

"정년이 보장되잖아. 여자로서 결혼하기도 좋지."

"잘 생각했다. 너의 부모님의 노후에도 좋은 거야."

그런데 화가가 된다고 하자, 부모님은 물론 모두가 반대했다.

"그걸로 밥 먹고 사는 사람은 한둘인데, 그걸 직업으로 삼는다고? 까딱하다가는 결혼도 못해."

"화가? 그거 있는 집 애들이나 하는 일이지. 네 뒷바라지하느라 당장 부모님 등골 빠진다. 아서라. 그냥 그림 감상하는 걸로 만족해."

"화가? 그거 좋지. 그런데 너의 집 형편으로 어떻게 너를 뒷바라지해 주니? 더구나 외국 유학은 필순데! 예술 분야는 어떤 분야든 그 분야의 1퍼센트 정도 사람들만 먹고살 수 있는 거야."

이상한 일이다.

왜 먹고사는 문제로 내가 나의 꿈을 펼쳐 보기도 전에 막아 버리는지!

가장 심하게 반대한 사람은 엄마였고, 지금도 엄마가 선봉에 서 있다. 엄마는 지금도 내 꿈을 바꾸려고 애쓴다.

"샤론아! 분명히 말하지만 난 도화지 한 장, 물감 하나 사 줄 수 없어! 말 그대로 화가는 그냥 꿈으로 생각해. 이제 중학생 정도 되면 공부에 신경 쓰면서 네 진로를 생각해야지. 꿈이 아니라 진로를 생각하란 말이야. 네가 연예인병에 안 걸린 건 너무 고마운데, 그래도 화가는 아니야. 샤론아, 화가? 그거 아무나 할 수 있는 게 아니야. 돈이 있어야해. 더구나 지금 네가 우리 집 상황 뻔히 보면서 그런 말이 나오니? 아빠는 병원에 누워 있고, 나는 마트에서 일하는데! 더구나 동생은 초등학생도 아니잖아. 샤론이, 너, 너무 이기주의자 아니니? 정 네가 화가가되고 싶으면 우리 형편 좀 나아진 다음에 다시 생각하면 안 되겠니?"

물론 그때마다 나는 엄마에게 항변했다.

"화가가 되고 싶어요!"

"돈 못 벌면 꿈을 못 이룬 거예요?"

"내 인생이니까 내가 하고 싶은 거 하고 살면 안 돼요?"

그럼 엄마는 늘 같은 말로 나를 입 다물게 했다.

"그만 좀 해라. 엄마는 꿈같은 거 없었는 줄 알아? 그래도 너랑 지훈이를 위해 포기한 거야. 그럼 너도 가족을 위해 적당히 포기할 줄 알아야지!"

하지만 일차 승리자는 내가 되었다.

"내가 졌다, 졌어. 화가가 되든 말든 마음대로 해! 하지만 엄마는 한푼 못 대 주니까 네가 벌어서 네가 해. 그리고 성적이 일 점이라도 떨어지면 그날로 화가는 끝이야!"

엄마는 나에게 서약서까지 쓰게 했다.

그리고 나는 나 스스로 화가의 길을 가기 위해 친척 가게에서 알바를 하게 된 것이다.

엄마의 마음을 알기는 하지만 어떡하라고?

나는 내가 하고 싶은 일을 하고 싶은데.

그게 꿈을 이루어 가는 것 아닌가?

그래서 오늘도 나는 열심히 일하고 왔는데 난데없이 아빠는 꿈을 바꿀 수 없냐고 물은 것이다. 그러니 내가 식혜가 다 흘러나올 만큼 팩을 움켜쥐고 고래고래 소리를 지를 수밖에! 어린 동생이 있는데도 눈물을 줄줄 흘릴 수밖에! 아직도 몸이 아파 회사에 나가지 못하는 아빠의 마음을 박박 아프게 할 수밖에! 저기 삼백 미터도 안 되는 곳에 있는 대형마트에서 엄마가 일하고 있는데도 내 꿈을 포기할 수 없다고 울 수밖에!


4.

"윤지미!"

벼락 소리 같은 고함에 나는 머리를 번쩍 들었다.

'내가 숙제를 하다가 깜빡 잠이 들었었나?'

'지금 여기가 학교야, 집이야?'

'꿈속인가? 현실인가?'

'지금 비가 오나?'

'윤샤론이 아닌 윤지미라고 부르는 걸 보면 선생님인가?'

나는 얼굴을 찡그리며 눈을 떴다.

"헉!"

나는 내 앞에 드리워진 시커먼 물체에 숨이 멎는 듯했다.

'이게 뭐지? 귀신? 유령?'

"윤지미!"

아까보다는 조금 소리가 낮아진, 그러나 벼락은 벼락이었다.

검은 물체는 분명히 사람이었다.

"윤지미! 이걸 성적이라고 받았냐? 중학교 성적이 네 남은 인생 등급을 결정짓는 거 몰라서 이딴 식으로 공부하는 거야?

순간, 나는 정신이 번쩍 들었다. 그리고 상황 정리가 되었다.

'지금 나는 집에 있다. 숙제하다 잠이 들었다가 깬 것이다. 지금 내 앞에 보이는 검은 물체는 엄마구나. 그리고 이 주 전에 본 시험 결과가 엄마의 이메일로 통보된 거구나. 이번 내 성적은 떨어졌고, 엄마는 그걸 핑계로 나의 주말 알바를 금지시키겠지. 그리고 화가라는 내 꿈도 싹둑 잘라 버리겠지. 서약서를 썼으니 나는 복종해야겠지. 어쩌면 이번에 내 성적이 떨어진 게 엄마에게는 나를 잡을 절호의 기회가 된 거고!'

나는 그대로 책상 위에 두 팔을 엇갈려 펴고 얼굴을 묻어 버렸다.

"아니, 얘가? 안 일어나?"

엄마는 억세게 나의 상체를 잡아 일으켜 세웠다.

나는 두 눈을 꽉 감은 채, 마치 순교자처럼 똑바로 앉아 조용히 있었다.

"이거 어떡할래? 어떻게 책임질래? 평균이 3점이나 떨어졌어. 그것도 제일 중요한 수학이랑 영어 때문에! 남들은 토요일이랑 일요일에 다른 날의 몇 배로 공부를 하는데, 너는 피시방에서 돈이나 받고, 재떨이랑 컵라면 심부름이나 한 결과가 이거야?"

엄마는 프린트한 성적표 종이를 내 얼굴 앞에 대고 흔들었다. 종이 모서리가 얼굴에 스칠 때마다 눈물이 나올 만큼 따끔거렸다. 차라리 엉엉 울 수 있도록 엄마가 나를 때렸으면 하는 생각이 들었다.

"네가 네 손으로 쓴 서약서 잊지 않았지? 성적이 일 점이라도 내려가면, 화가고 뭐고 다 잊고 공부에만 전념한다는 거! 그리고 알바도 당장 그만한다는 거!"

나는 억울하고 수치스런 생각에 대답 대신 고개를 끄덕였다.

'평균 점수가 3점 떨어진 것 때문에 내 꿈을 그만 접으라고?'

'그럼 이 세상에 박사 정도 되는 사람들만 작가 되고, 화가 되며, 피아니스트가 되는 거야?'

'수학이 뭐고, 영어가 뭔데 내 꿈을 가로막아? 그것들이 뭔데? 맞아! 그것들이 뭔데!'

이런 생각에 휩싸이자, 더 참을 수 없었다. 나도 모르게 주먹으로 책상을 내리치며 외쳤다.

"엄마! 조금만 기다려 주면 안 되나요? 그럼 내가 수학이랑 영어를 완전히 꼼짝 못하게 할 정도로 멋진 화가가 될 게요!"

짝!

나의 호소에 되돌아온 것은 내 등을 갈라놓을 듯이 세차게 내려친 엄마의 손바닥이었다. 한마디로 '매'였다. 그것은 엄마의 분노이자, 나에 대한 실망, 그리고 엄마가 늘 말하는 엄마의 인생에 대한 분노일지도 모른다. 그러나 그런 삶 역시 엄마가 선택한 것 아닌가? 그런데 왜 나에게 화풀이, 분풀이를 하는 걸까?

그래서 나는 엄마처럼 살지 않을 것이다. 내가 꿈꾸는 길을 이루어 가면서 나의 인생을 펼칠 것이다. 그것이 직업이든, 밥벌이든, 예술이든. 그래야 내 자식에게 우리 엄마가 지금 나에게 하듯 분풀이를 하지 않겠지!

엄마, 미안해. 그러나 할 수 없어.

나는 엄마 딸 이전에, 윤지미거든요!

나는 착한 딸 윤샤론이 아닌 내 길을 내가 가는 윤지미거든요!

그러니까 조금 더 기다려 주면 안 되나요?

**노경실**

당신은 사랑받기 위해 태어난 사람이란 노래에 사람들이 위로를 받는 세상. 이것은 온갖 최첨단 문명의 이기, 극을 달리는 물질 숭배 풍조, 마음만 먹으면 언제든 오감을 충족시켜주는 욕망 제일주의의 세상이라 해도 사람들의 가슴은 늘 허기지고, 초라하다는 말이기도 하다. 세상과 어른들이 이러할진대, 우리 아이들의 가슴은 어떠할까! 이런저런 어른들이 만들어 놓은 별의별 조건들을 전혀 눈치 보지 않고 오로지 우리의 아이들만 생각하고, 염려하고 안타까워하는 마음으로 글을 쓰고 있다.

『열네 살이 어때서』『철수는 철수다』『열다섯, 문을 여는 시간』『사춘기 맞짱뜨기』『열일곱, 울지마』『청소년을 위한 북유럽신화』(전 5권) 등의 청소년 작품을 펴냈다. 그리고 외국 어린이책을 우리말로 옮기는 일과 시각 장애 어린이들을 위한 일을 소리 없이 성실하게 하고 있다.

● 1. 지미의 부모님은 지미에게 '샤론'이라는 애칭을 지어 부릅니다. 그런데 애칭은 놔두고 '윤지미'라고 부를 때도 있지요. 이름에 따라 부모님이 지미에게 기대하는 것이 어떻게 다른지 생각해 봅시다.

| | 샤론 | 윤지미 |
|---|---|---|
| 이름을 부르는 경우 | | |
| 이름을 부르며 기대하는 것 | | |

2. 지미는 "단지 직업의 개념인 화가가 아니라, 화가로서의 삶을 마음껏 누리며 살고 싶어"합니다. 그런 지미에게 주변 사람들은 "화가가 되려면 외국 유학은 필수이며, 예술 분야는 그 분야의 1%의 사람만 먹고 살 수 있다"고 하지요. 사람들이 말하는 직업으로서의 화가와, 지미가 말하는 화가로서의 삶은 어떻게 다를까요?

| 화가라는 직업 | |
|---|---|
| 화가로서의 삶 | |

3. 지미는 '꿈'을 위해서, 지미의 부모님은 '직업'을 위해서 서로 갈등합니다. 여러분은 어떤 삶을 꿈꾸고 있나요? 다음 표에 있는 가치관을 경매에 붙여 판다고 했을 때, '나의 예산액'을 적어 보고, 최대 얼마까지 투자할 수 있는지 '나의 최고액'을 적어 봅시다. 그리고 가장 최고액을 투자한 가치관을 통해 자신의 미래의 직업을 상상해 봅시다. 또 친구들과 함께 경매를 해서 각 가치관이 얼마에 낙찰되는지 '최고 낙찰액'을 매겨 본 다음 다른 친구들의 직업 가치관과 나의 직업 가치관을 비교해 봅시다.

|  | 항목 | 나의 예산액 | 나의 최고액 | 최고 낙찰액 |
|---|---|---|---|---|
| 1 | 최선을 다하여 목표를 성취하는 것 |  |  |  |
| 2 | 집단에 소속감을 가지고 집단의 일부가 되는 것 |  |  |  |
| 3 | 사회적 명성을 얻거나 칭찬을 얻는 것 |  |  |  |
| 4 | 새로운 것을 배우고 호기심을 충족시키는 것 |  |  |  |
| 5 | 목표를 성취함으로써 경제적 보상을 받는 것 |  |  |  |
| 6 | 부를 많이 축적하는 것 |  |  |  |
| 7 | 많은 사람들에게 좋은 영향을 주는 것 |  |  |  |
| 8 | 일 이외의 활동에 충분한 시간을 보낼 수 있는 것 |  |  |  |
| 9 | 보수는 적지만 평생 안정적으로 할 수 있는 것 |  |  |  |
| 10 | 직업을 통하여 새로운 친구를 얻거나 배우자를 얻을 수 있는 것 |  |  |  |
| 11 | 예술 활동을 통해 정신적인 만족을 주는 것 |  |  |  |
| 12 | 특별한 행동으로 남의 이목을 많이 끌 수 있는 것 |  |  |  |

엄마 조금 더 기다려 주면 안 될까요

4. 소설 속에는 "중학생 정도면 이미 인생이 판가름 났다."고 말하는 버스 안 아줌마들의 이야기가 나옵니다. 여러분은 여러분의 인생이 이미 판가름 났다고 느낄 때가 있었나요? 있었다면 언제, 어떤 일로 판가름 났다고 느꼈는지 이야기해 봅시다.

5. 지미는 자신의 꿈을 고집해야 할까요, 엄마의 의견을 받아들여야 할까요? 어떤 문제를 해결할 때는 그 사람이 가진 강점과 약점, 그 사람을 둘러싼 환경이 주는 기회와 위협을 따져 보는 SWOT 분석이 큰 도움이 됩니다. 다음 예시를 보고 지미와 여러분의 꿈에 대한 SWOT 분석표를 만들어 봅시다.

K의 꿈 : 소설, 만화 등을 영화 시나리오로 각색하는 일

|  | 긍정적인 요소 | 부정적인 요소 |
|---|---|---|
| 내부 요소 | 강점Strength | 약점Weakness |
|  | 영화를 매우 사랑함.<br>많은 독서량.<br>글을 잘 쓰는 편. | 소심하고 낯을 가리는 성격.<br>새로운 이야기를 잘 만들어<br>내지 못함. |
| 외부 요소 | 기회Opportunity | 위협Threat |
|  | 소설이나 만화를 원작으로 만든<br>영화가 인기 있음.<br>멀티플레이어를 요구하는 시대. | 보통 시나리오 작가나 감독이<br>각색도 하기 때문에 일거리가<br>많지 않을 것. |

K의 선택 : 꿈이 너무 협소하기 때문에 좋아하는 일만으로 나중에 생계를 꾸리기 힘들지도 모른다. 하지만 꾸준히 이야기를 창작하는 능력을 기르면 훌륭한 시나리오 작가가 될 수 있을 것이다.

**지미의 꿈 : 화가**

|  | 긍정적인 요소 | 부정적인 요소 |
|---|---|---|
| 내부<br>요소 | 강점Strength | 약점Weakness |
|  |  |  |
| 외부<br>요소 | 기회Opportunity | 위협Threat |
|  |  |  |

지미의 선택 : _____

_____


**나의 꿈 :**

|  | 긍정적인 요소 | 부정적인 요소 |
|---|---|---|
| 내부<br>요소 | 강점Strength | 약점Weakness |
|  |  |  |
| 외부<br>요소 | 기회Opportunity | 위협Threat |
|  |  |  |

나의 선택 : _____

_____

엄마 조금 더 기다려 주면 안 될까요

**6. 꿈을 이룰 수 있는 자격은 성적으로 주어지는 것일까요? 다음 사례를 읽고 성적과 삶,
성적과 꿈과의 상관관계에 대해 생각해 봅시다.**

부산이 고향인 황성재는 광남초-대현중-양운고를 다니는 동안 춤추고, 노
래하고, 게임하고, 공부는 나중에 하는 등 하고픈 일만 했다. 여느 아이들과
똑같은 사춘기와 청소년기를 보냈다. 그러나 분명 '남다른 아이'였다. 공부
는 하지 않고, 놀러만 다닌 탓에 학교 공부는 늘 뒷전이었다. 성적은 바닥을
치기 일쑤였다. 심지어 32명 중 32등을 한 때도 있었다.

그러던 중 때마침 광운대에 '발명 특기자' 전형이 있었다. 컴퓨터로 뭔가 해
보고 싶었던 황성재는 수능 50퍼센트, 수상 경력 50퍼센트를 반영하는 광
운대에 응시해 당당하게 합격했다. '꼴찌의 기적'을 만들었다. 그래도 한계
가 있었다. 워낙 수학이 딸려 공대 수업을 따라갈 수 없었다. 결국 1년간 휴
학한 뒤 다시 공부했다.

"지금도 기초가 부족해 애먹을 때가 많아요. 그럼 하는 수 없지요. 도서관이
나 컴퓨터 안에서 관련 서적이나 정보를 찾아 다시 공부해요. 미적분도 대
학에 와서 배웠어요. 대학 입시도 마냥 놀기만 했던 중학교 공부부터 다시
했던 것이 주효했던 것 같아요."

하고 싶은 일을 하니까 신이 났다. 대학시절 별명이 '에이뿔(A+)'이었다.
어릴 때 습관이 살아났다. 이리저리 주무르고, 뚝딱뚝딱 두드리면, 요모조
모 새로운 무엇이 만들어졌다. 너무 재미있었다.

이창호 기자, 〈카이스트의 괴짜 발명왕 '황성재'〉(스포츠한국, 2009. 9. 26)

**7. 다음 글을 읽고 자신의 꿈이 무엇인지 알고, 꿈을 품고 사는 삶을 살기 위해서 우리에게 필요한 태도가 무엇인지 이야기해 봅시다.**

박효선 : 한비야 선생님이나 반기문 유엔 사무총장 등을 보면서 국제 무대 진출을 꿈꾸는 젊은이들이 늘어 갑니다. 그러다 보니 영어 공부를 더 하고 더 화려한 '스펙'을 쌓으려는 경쟁만 치열해져요. 이게 옳은 방향일까요?

한비야 : 얼마 전에 한 초등학생이 이메일을 보내왔어요. 자신이 반장 선거에 나가려고 하는데 그 이유가 반기문 유엔 사무총장 같은 글로벌 리더가 되고 싶기 때문이래요. 그러면서 "반장을 하면 그렇게 되는 데 유리한 것 맞죠?"라고 묻더라고요. 벌써부터 내게 유리한지 불리한지를 따지는 아이라면 국제 무대에 나가기 위한 준비는 아예 다시 해야 한다고 생각해요. 젊은이들이 국제 무대에서 일을 한다는 것에 대해 너무 거창하게만 생각하는 것이 안타까워요. 특히 제가 했던 구호 활동의 경우 진심으로 해야 하는 일입니다. 굶주린 아이가 없는 세상을 만들고 싶어 밤을 새워 일해도 그런 세상은 좀처럼 오지 않아요. 이룰 수 없는 꿈을 위해 갈 준비가 되어 있나요? 이건 정말 지치기 쉬운 꿈입니다. 공평하지 않은 세상을 만들고 싶어하는 '나보다 훨씬 힘센 놈'이 존재하는 것이 현실이니까요. 이라크·아프가니스탄에서 전쟁을 일으킨 사람은 따로 있고 우리는 뭐 뒤치다꺼리만 하는가 자괴감이 들기도 하죠. 제가 월드비전 긴급 구호팀장으로 일할 때 사람을 뽑으면 한 명 뽑는 데 100명 이상이 지원하곤 했어요. '스펙'들 엄청 화려하죠. 하지만 저는 그런 것 안 봤어요. 이 사람이 왜 이 일을 하고 싶어하

는가. 이 일에 대해 제대로 파악하고 있는가를 봤죠. 환상은요, 현장 한 번 나가면 다 깨져요. 구호 활동 한다고 모인 사람들도 설거지 하나 갖고 싸우는 게 현장이에요. 천사들도 아니고 천국도 아니죠. 그러니 환상을 갖고 스펙만 꾸며서 온 사람은 버틸 수 없어요.

**김미나** : 가슴을 뛰게 하는 일을 찾는 것은 정말 어려운 일 같습니다. 평생 무엇이 가슴을 뛰게 하는지 모르고 사는 사람들도 많을 것 같은데요, 어떻게 해야 가슴 뛰는 일을 찾을 수 있을까요?

**한비야** : 이 질문도 청춘들에게 참 많이 받습니다. 일단은 '가슴 뛰는 일'을 찾겠다는 고민을 시작한 것에 박수를 보냅니다. 아직 못 찾았다면 더 열심히 생각해 보세요. 내가 지금 꾸는 꿈이 부모의 꿈, 선생님의 꿈, 사회가 정해 준 꿈은 아닌가. 그 사람들이 '애정남'도 아니고 왜 내 꿈을 정해 줘요? 다른 사람 이야기는 참고만 하고 내가 진짜 좋아하는 것을 찾아봐. 내가 뭘 할 때 즐겁고 밤을 새워도 좋은지, 자기가 하면서도 '미쳤어' 그러면서 하는지 자기가 가장 잘 알잖아요. 중고등학교 때 그런 일을 찾아보면 좋지만 그땐 너무 시간이 없고……. 대학생 때까지 보류된 셈인데 대학에 가서도 스펙, 스펙 하는 것을 보면 너무 슬퍼요. 맨땅에 지반 공사 없이 레고 블록을 쌓아 두면 한 방에 훅 갑니다. 좋아하는 일을 해야 내 능력의 최대치가 나오고 가슴이 뿌듯해집니다. 나는 어떤 세상을 꿈꾸는가, 나의 재능을 어디에 쓸 것인가 고민하세요. 그 꿈을 좇다 보면 돈을 버는 거지, 돈 벌어서 어디에 쓰겠다, 그건 아니에요. 자기 몸에 맞는 옷을 입고 살 때 얼굴에

서도 가장 예쁜 빛이 나요. 얼마 전에 만난 젊은이에게 꿈을 물었더니 '7급 공무원'이라는 거예요. 그래서 "정신 차리라"고 한 대 때렸어요. 7급 공무원은 네가 뭔가를 하고 싶은 과정이 될 순 있어도 그 자체가 어떻게 꿈이 될 수 있느냐고요. 안정된 직장을 가지면 뭘 할 건데요? 이런 말을 하면 사람들이 참 철없다고 하는데 철없어도 돼요. 철든 사람들 얘기는 철이 들어서 그런지 너무 무거워요. 자기 능력을 최대치로 쓰는 일을 하면서 시원한 세상을 만드는 삶을 삽시다. 죽지 못해 살아남기 위해 스펙 쌓으며 살기에는 인생이 너무 아름답고 멋지잖아요?

**이 글은 인터뷰어와 인터뷰이 모두의 허락을 받고 게재되었습니다.

〈[청춘상담앱] 반장 하면 '반기문' 되기 유리하냐고요?〉, (한겨레, 2012. 1. 12.)

엄마 조금 더 기다려 주면 안 될까요

((**

마음먹다

– 김이윤

》

# 읽기 전에

　　남의 조종에 따라 움직이는 사람을 '꼭두각시'라고 합니다. 꼭두각시 인형은 조종하는 사람 마음대로 그럴 듯하게 춤을 추다가도 조종하는 사람이 줄을 놓아 버리면 힘없이 쓰러집니다. 혹시 우리는 지금 꼭두각시의 삶을 살고 있는 것은 아닐까요? 부모님을 기쁘게 하기 위해서, 선생님이나 친구들의 마음에 들기 위해 내가 원하는 삶이 아닌 다른 누군가의 삶을 살고 있는 것은 아닐까요?

　이 소설에는 인간이 무기력하고 방탕하게 살아가도록 조종하는 가상의 D제국이 등장합니다. D제국의 수많은 D들은 인간에게 D조미료를 뿌려 가며 인간을 D제국의 입맛에 맞게 관리하지요. 얼핏 보면 그저 흥미로운 공상 과학 세계의 일처럼 느껴지지만, 어쩌면 지금 이 순간에도 우리 주위엔 우리가 알아차리지 못하는 D들이 우리에게 조미료를 뿌려 대고 있을지도 모릅니다. 어려움에 빠진 친구를 외면했던 일, 학교에서 대놓고 엎드려 자던 일, 마음속의 짜증과 화를 그대로 부모님께 내뱉었던 일, PC방에서 나오지 못하고 몇 시간씩 잡혀 있던 일 모두가 D제국 탓은 아니었을까요? 그런 생각이 들었다면 소설을 읽은 우리들도 D들이 가장 두려워하는 '마음'을 먹어볼까요?

◇◇◇

    천장에 붙어 있던 달궈진 프라이팬에서 뜨거운 콩이 콩콩콩콩 D-124의 통통한 볼에 떨어져 내리자, 치익 소리와 함께 하얀 연기가 피어올랐다. 볼이 불에 데어 따끔거리자, D-124는 벌떡 일어났다.

    자리에 잠깐 누워 쉰 것 같은데 시간이 훌쩍 가 버렸다고, 정확한 프라이팬 시계로 알람을 맞춰 두었기에 다행이지, 하마터면 회의에 늦을 뻔했다고 중얼거리며 D-124는 급하게 가방을 챙겨 회의장으로 날아갔다. 그간의 성적이 괜찮은 편이라 평가 회의에 지각한다 해도 큰 문제될 것은 없어서, 날개 젓기에 속도를 내지는 않았다.

    D-124가 예상한 것처럼 수퍼바이저 7의 표정은 온화했다.

    D-124가 관리하고 있는 인간인 어진이는 D제국이 원하는 인간 유형에 근접해 가는 중이었고, 이는 D-124가 잘 관리하고 있다는 증거이므로 수퍼바이저 7은 의례적인 당부로 회의를 마무리했다.

    "무난하게 진행된다고 해서 안심하지 마시오. 인간의 내면에는 깊이를 측정할 수 없는 웅덩이가 있어서, 언제 어떤 소용돌이를 일으킬지 모르오. 어느 날 갑자기 '마음'이란 것을 먹고, 우리가 전혀 바라지 않는 유형으로 전환해서 성장해 버릴 수도 있다는 것을 명심하시오."

지겹게 들어 온 잔소리를 흘려들으며 D-124는 회의 빌딩을 벗어났다. 좀 더 여유를 부려도 좋을까, D-124가 행동 감시용 수첩을 펴 보니 어진이는 낮잠을 자고 있었다. 낮에도 한 번 잠들면 서너 시간은 늘어지게 자는 아이니 좀 쉬어도 되겠군, D-124는 노래를 흥얼거렸다.

'앗, 이 노래는 어진이가 좋아하는 걸 그룹 노랜데……'

D-124는 움찔하며 얼른 갈퀴손을 들어 자신의 입을 막았다.


D-124가 어진이를 배정받은 시기는, 어진이가 초등학교 4학년 때였다. 인간을 할당받은 다른 D들처럼, D-124도 어진이가 최대한 게으르게 살아가도록 관리해 왔다. 신이 인간에게 부여한 가능성을 가장 최소한으로 발휘하며 살게 하는 것이 D제국의 목표이므로, 다양한 방법으로 어진이를 유혹하여 주변을 괴롭히게 하고, 타고난 소질을 스스로 외면하게 하고, 목표 없고 허랑한 인간으로 유도해 온 것이다.

수많은 D들은 제국이 제시한 목표를 달성하려고 노력하지만, 노력한 대로 성과가 고스란히 나타나는 것은 아니다. 이를 테면, '철들 무렵'이라는 장애를 만나면, D들은 좌절하게 된다.

D들이 잘 관리했음에도 불구하고, 인간의 아이들은 갑자기 사색이 깊어지면서 D가 진행해 온 사업 방향과는 반대로, 자신의 능력을 계발하려 하고, 더 나은 인간이 되려고 노력하는 '이상 증세'를 보이기도 한다.

그 변화가 바로 모든 D들이 두려워하는 '철들 무렵'이다.

'철들 무렵'은 연령이나 날짜가 정해져 있는 것도 아니고, '철들 무

마음먹다

렵'이라는 시기를 겪는 인간이 있는가 하면 그 시기가 없는 인간도 있어서 예상하기 어렵다는 것이 큰 문제였다. 예측할 수 없으니 대처할 수도 없는 것이다.

자신이 관리하던 인간이 '철들 무렵'에 돌입하면, D들은 총력을 기울여 철이 들지 못하게 방어하지만, '철들 무렵'을 저지하는 일은 보통 어려운 작업이 아니다. 저지 작업에 실패하면 관리 자격을 박탈당하고 결국은 자기가 관리하던 인간을 수퍼바이저에게 반납하게 되는데, 그렇게 되면 경력에 〈실패〉라는 낙인이 찍히므로 모든 D들은 '철들 무렵'을 무서워하지 않을 수 없는 것이다.

다행이었다. 어진이에게서는 '철'이라는 싹은 이제껏 조금도 보이지 않았다. 원래 싹이 없는지, D-124가 워낙 치밀하게 관리하고 양육해서인지는 불분명하지만 어쨌든 D-124에게는 행운이었다.

초등학교 4학년부터 중학교 3학년까지 어진이가 D-124의 지시대로 잘 따라 주었다는 사실에 기분이 한껏 좋아진 D-124는, 강가의 갈대를 청중으로 앉히고는 미소를 머금고, 손짓까지 하며 연설을 하기 시작했다.

"제가 제 자랑을 하자는 건 아니지만, 저는 〈적절한 순간을 놓치지 말자〉는 철학을 가지고 어진이의 인생에 개입해 왔습니다. 이를테면 어진이네 엄마가, 〈어진아, 밥 먹자-〉하고 말하면, 재빨리 그 말 위에 우리 제국의 D조미료를 쳤지요. 엄마의 입을 나온 말이 어진이 귀에

전달되기까지의 그 짧은 순간에, 재빨리 D조미료를 치려면 특별한 기술이 필요한 건 사실입니다. 제가 친 조미료 덕에 어진이는 〈아, 밥 먹기 싫어, 과자만 먹고 싶다. 엄마한테 밥 안 먹겠다고 떼쓰고 울어야지!〉 하는 마음을 먹게 되었습니다. 또 〈어진아, 우리 책 읽자〉 하는 말에도 얼른 졸음이 쏟아지는 조미료를 쳤습니다. 그러면 찡얼거리며 엄마가 읽어 주는 책을 외면했지요. 제가 어진이를 이렇게 잘 양육해 왔습니다. 으하하하⋯⋯"

잘했군, 잘했어, 탁월한 관리법이야, 갈대들은 고개를 끄덕이며 감동하는 듯했다.

D-124가 행동 감시용 수첩을 펼쳐볼 때면 어진이는 대개 컴퓨터 앞에서 게임을 하거나 수업 시간에 엎드려 자거나 친구들과 몰려다녔다.

그러므로 어진이는 분명 훌륭한 아이였다.


시간은 평화롭게 흘러 왔고, 어진이는 중3 겨울 방학을 맞았다.

행동 감시용 수첩 속에 보이는 어진이는 최근에 책상 앞에서 조는 시간이 부쩍 늘었다. 조는 것은 바람직한 행동이므로 '졸고 있군! 어진이, 참 잘했어요!' 하고 지나쳤는데, 같은 포즈로 있는 날이 이어졌다. 벌러덩 누워 자면 될 것을 어진이답지 않았다.

그날도 D-124는 아침 샤워를 하자마자 행동 감시용 수첩부터 펼쳤는데, 어진이는 책상 앞에 앉아 또 졸고 있었다. 아무래도 수상했다. 얼굴 쪽을 클로즈업했다. 어인 일일까. 어진이는 눈을 뜨고 있었다. 졸기는커녕 눈이 초롱초롱 빛나고 있었다. 알 수 없는 불안감이 엄습했다.

마음먹다

혹 저 눈빛이 사색의 눈빛? 그 위험하다는? D-124는 자신도 모르게 몸을 떨었다.


D-124는 행동 감시용 수첩을 닫으며, 어진이와 함께 있는 시간을 늘려야겠다고 생각했다.

바로 그때, 수퍼바이저 7으로부터 긴급 호출이 왔다.

하필 이 불안한 순간에 호출이라니! 가슴이 벌렁거리기 시작했다.

막 샤워한 뒤라 머리카락 사이에 솟아 있는 외뿔에서 물방울이 뚝 뚝 떨어지고 머리카락도 다 마르지 않았지만, 그게 문제가 아니었으므로 D-124는 서둘러 회의 빌딩으로 날아갔다.

D-124는, 스쿨에서 배운 대로 어진이에게 적용해 왔다. 지난 번 회의 때까지 모든 것이 무난했다. 그런데 왜 긴급 호출일까?


D-124가 선서를 마치고 자리에 앉자, 수퍼바이저 7이 질문했다.

"우리의 역할을 잊은 건 아닙니까? 우리의 임무가 뭐라고 생각합니까?"

"잘 알고 있습니다. 우리가 할 일은 인간으로 하여금 자신이 가진 무한한 잠재력을 눈치채지 못하게 하는 겁니다."

"그런데 왜 이렇게 지지부진한 겁니까? 어진이라는 이 대상은 매우 좋은 자질을 가진 인간이군요. 시간을 낭비하는 것을 좋아하고, 게으름 부리는 것도 좋아합니다. 미래에 대한 걱정이나 꿈도 보이지 않는 인간인데, 왜 진도를 팍팍 나가지 못하는 겁니까? 이 아이는 곧 고등학생입니다. 부모에게 좀 더 반항하고, 친구들과 싸움도 종종 하고, 자신의 미래에 대한 고뇌 따위는 아예 없어야 하는데, 6학년 때나 지금이나 비슷한 수준입니다. 기껏 PC방에 가서 게임이나 하고, 야동이나 보고, 그런 것밖에 더 합니까? 발전이 없어요. 이 아이는 친구들과도 지나치게 사이좋게 지내잖아요. 심지어 가출 기록도 없어요."

"……시정하겠습니다. 노력하겠습니다."

"지금 어진이가 뭘 하는지, 수첩 한번 펴 보세요."

"넷!"

행동 관리용 수첩을 열자, 어진이는 〈문명〉이라는 게임을 하고 있었다.

다행이었다. D-124는 안도의 숨을 몰아쉬며 당당하게 어깨를 펴고 말했다.

"지금 어진이는 게임을 하고 있습니다. 이 게임은 〈문명〉이라는 게임인데, 여기에 한 번 빠지면 끝장이기 때문에, 인간들 사이에서는 〈문명하셨습니다〉가 곧 〈운명하셨습니다〉와 동의어로 사용됩니다. 어진이가 이 게임을 시작했으니 오늘도 서너 시간은 여기 빠져 지낼 겁니다. 앞으로도 다양한 게임에 빠질 가능성이 높아 보입니다."

"호, 그렇다면 아직 어진이에게는 발전 가능성이 많군요. 여기에다가 앞으로 어떻게 어진이를 관리할지 세부적인 계획을 적고 가세요. 진도가 잘 나가지 않으면 다시 호출합니다."


D-124는 후들거리는 날개를 저어, 겨우 겨우 그가 좋아하는 나무 위에 올라앉았다.

마음먹다

수퍼바이저 7으로부터 추궁당하던 그 순간에, 만약 어진이가 이상한 행동을 하고 있었더라면! 생각만 해도 아찔한 일이었다.

그 중요한 때에, 중독성 강한 게임에 몰두해 주다니, D-124는 어진이가 고맙기만 했다.

D제국의 속담에 〈사춘기 너머 철들 무렵〉이라는 말이 있다.

질풍노도의 시기라는 사춘기가 되면 인간들은, D제국의 시선으로 볼 때 장족의 발전을 이루곤 했다. 사춘기의 인간들은 그들의 부모나 교사가 제시하는 길을 일부러 벗어나려고 애썼고, 그러한 이탈은 대개는 D제국이 원하는 방향이어서 D들은 크게 노력하지 않아도 이 시기에는 성과급을 받을 수 있었다. 그래서 D들은 사춘기에 막 들어서는 인간을 배정받고 싶어했다. 그러나 그 이면에는 위험도 컸다.

사춘기를 지나면서 바로 '철들 무렵'으로 진입하는 인간이 적지 않기 때문이었다. 그렇게 되면, 사춘기까지 아무리 관리를 잘 해도 〈10년 관리 도로 아미타불〉이 되고 마는 경우가 흔하니, 긴장을 늦추지 말라는 뜻에서 그 속담이 생긴 것이다.

'사춘기를 지나면서 어진이가 혹 '철들 무렵'으로 방향을 잡은 건 아닐까. 아니야. 사색의 눈빛 비슷한 눈빛을 보이기는 했지만, 다시 게임에 빠진 걸 보면 괜찮을 거야. 아냐 아냐 또 몰라. 내가 어진이를 맡기 전에 관리했던 유진이도 학교에서 퇴학을 당할 만큼 진도가 빨랐는데, 갑자기 철이 들면서 나를 좌절하게 하지 않았던가. 인간들 세계에서

〈수포자〉로 분류되던 유진이가 갑자기 교육 방송에 들어가서, 수학 강좌를 다운받고 난데없이 수학 공부에 관심을 보이기 시작하던 아찔한 순간을 생각하면 아직도 진땀이 난다니까…….'

D-124가 이런 저런 생각에 빠져 고개를 좌우로 마구 흔드는데, D-124의 날개 끝에 부드러운 손길이 느껴졌다.

"어이! 무슨 생각을 그렇게 해? 잘 지내고 있지?"

"어, 반갑다. 나, 잘 지내고 있지 뭐. ……."

스쿨을 1등으로 졸업한 동창생 D-608이었다. 학창 시절처럼 여전히 자신감 넘치는 미소를 띠며 날아가는 D-608의 등에 맨 백팩이 D-124의 것보다 가벼워 보였다. 좋은 성적으로 스쿨을 졸업했으니, D-608은 지금 매우 편하고 행복하게 살고 있을 것이다. D-608 정도의 성적이면, 어른 인간을 관리하고 있지 않을까. 아니, 벌써 수퍼바이저가 되어 D-124같은 부류들을 관리하고 있을지도 모른다.

유유히 날아가는 D-608의 잘 손질된 뒷모습을 한참이나 보고 있던 D-124는 자신이 속한 세계가 매우 불공평하다고 생각했다.

어른들은 유혹에도 약해서 도박, 마약, 술, 부정부패, 불화, 좌절과 포기, 폭력 등 사용할 수 있는 카드도 많다. 그만큼 관리하기도 쉬운데, 왜 성적 좋고 능력 있는 D들에게 어른을 맡기는지 D-124는 이해할 수 없었다. 그런 면에서 D-124는 '예측 불가능한 시기의 인간인 소년'이라는, 가장 어려운 대상을 관리하고 있는 셈이다.


어진이 정도면 양호한 편인데 더 추락시키라니, D-124는 수퍼바이

저 7이 원망스러웠다.

다른 D들이 키우는 사춘기 인간처럼 어진이는 매사에 뺀질거리고, 여학생들을 괴롭혔다. 학생이니 공부 열심히 하라는 학교 선생님과 부모님의 말씀에는 꼭 토를 달았다. 어진이는 공부는 물론 대체 어디에 관심이 있는지도 알 수 없는, 썩 바람직한 스타일의 아이다.

어진이가 중 3, 1학기 중간고사 기간일 때는 이런 일도 있었다.

"어진아, 내일은 무슨 과목 시험이야?"

어진이네 엄마가 물으셨다.

"어…… 그게……."

자기 방에 가서 뭔가를 열심히 뒤적여 본 뒤 어진이가 대답했다.

"사회하고 과학이요."

"그런데 왜 공부 안 해?"

"……."

"어디 책 가지고 와 봐, 엄마랑 공부하자. 엄마가 물어봐 줄게……."

"……."

"아니, 왜 그러고 있어?"

"……시험 범위, 몰라요……."

"헐, 그럼 너 지금까지 시험공부를 하나도 하지 않은 거니?"

"……."

"내가 여기서 너한테 혼을 내면 뭐하겠니. 친구한테 시험 범위 좀 가르쳐 달라고 해. 너랑 맨날 같이 노는 재영이한테 얼른 전화해 봐."

그날 어진이네 엄마는 자리에 몸져누웠다.

마음먹다

어진이가 재영이에게 전화를 했는데, 재영이도 시험 범위를 모르고 있었던 것이다. 알 필요가 없는 일이었으므로 그 아이들은 시험 범위를 알아 두지 않았을 뿐인데, 어진이 엄마는 아들과 아들 친구를 이해할 수 없어했다. 열심히 하는 활동이 따로 있다거나 다른 관심 영역이 있었다면 학교 공부 안 하는 것 정도야 무슨 문제가 되랴. 그러나 어진이는 이도 저도 아니었으므로, 어진이네 엄마는 아들의 장래가 무척이나 걱정되었다. 그러나 D-124의 눈에 어진이는 D제국의 관리 대상으로서는 발전 가능성이 많은 아이였고, 그 시험 범위 사건은 다시 생각해도 흐뭇한 추억이다.

거짓말도 조금씩 조금씩 곧잘 하는 데다가, 들키는 확률도 적고, 제법 재치 있어서 친구들을 괴롭히는 일에서도 탁월하진 않아도, 일진이나 이진을 부러워하는 수준은 되므로 그 점도 마음에 들었다.

그런데 요 몇 달 사이에 어진이에게 무슨 일이 일어난 걸까?

졸고 있는 듯 보였으나 졸지 않고 있던 어진이의 눈빛이 계속 마음에 걸렸다. 게다가 눈이 반짝이기까지 했다. 그러고 보니, 여학생들을 괴롭히거나 친구들에게 욕을 하는 일도 줄어든 것 같다. 건들거리며 걷던 자세도 좀 얌전해진 것 같지 않아? 불안해지는 마음을 다독이며 D-124는 어진이네 집으로 날아갔다.

어진이네 집에는 대학생인 어진이 형과 엄마가 있었다.

"엄마, 어진이 어디 갔어요?"

"글쎄, 우리 어진이가 도서관에 간다고 나갔다. 직업 탐구 숙제를 해야 한대.”

“어진이가 도서관에요? 그것도 숙제하려고요? 와, 해가 서쪽에서 뜨겠네. 근데, 엄마, 여기 컴퓨터에 내가 하던 게임이 없어졌네?”

“아, 게임! 어진이가 지웠을 걸. 걔가 이제 곧 고등학생이 된다고 게임을 그만 하겠다나. 그래서 깔아 두었던 거, 다 지운다더라. 그러니 너도 동생 보는 데서 게임 같은 거 하지 마라……”

D-124는 현기증이 났다. 어진이가 게임까지 없애다니, 이건 보통 불길한 징조가 아니다.

그날 밤, D-124는 잠든 어진이의 뇌 사진을 찍었다.

6개월 전의 사진보다 D가 지배하는 영역이 대폭 줄어 있었다.

78%에서 47%로. 지배율이 50% 이하라니, 이건 낙제 수준이다.

수퍼바이저 7이 닦달하게 생겼다.

다음 날도 D-124는 어진이 곁을 떠날 수 없었다.

방학임에도 불구하고 어진이는 늦잠을 자지 않았다. 그런 어진이가 매우 낯설었다. 어진이는 자고 난 뒤 침대를 정리하지는 않았다. 그런데 생전 보지도 않던 신문을 펼치더니, 무언가를 오려 스크랩하는 이상한 짓을 했다. 기사의 제목을 보니 ‘미래는 너의 것, 진로를 탐색하라!’다. 그 다음에는 한참 동안 책상을 정리하더니, 스크랩한 자료를 꼼꼼히 다시 읽는 것이 아닌가.

“어진이, 여태 자니?”

목소리를 뾰족하게 만들어 어진이를 부르며 방문을 열었던 어진이 엄마가 두어 걸음 주춤주춤 물러섰다. 깜짝 놀라 뒤로 넘어질 듯 휘청거리기까지 한 어진이 엄마는 갑자기 보드라워진 말투로 물었다.

　"아니, 우리 어진이가 웬일이야? 벌써 일어났어? 근데 뭘 읽고 있어?"

　"응, 엄마. 생각해 볼 게 있어서요. 저도 이제 고등학생이잖아요."

　의젓한 어진이의 말투에, 어진이 엄마의 어조는 갑자기 노래하듯 가락을 타기 시작했다.

　"우리 어진이가 뭘 생각하는 걸까. 기대된다. 오늘 너, 짱 멋있다! 내가 어진이 맛있는 거 해 줘야지."

　"괜찮아요. 제가 뭐 어린앤가요? 그냥 아침밥이나 주세요."

　어진이는 읽던 종이에 눈을 고정한 채 움직이지 않았다.

　'정말 희한한 일이군, 내가 이끈 대로라면, 어진이는 한나절 늘어지게 자고 느지막하니 일어나, 엄마가 먹지 말라는 컵라면을 먹으면서 게임에 매달려야 옳다. 아니면 아무도 모르게 집을 빠져나가 친구들과 거리를 방황해야 맞다. 그런데, 진로를 탐색하겠다는 거야, 지금? 야, 김어진! 너 그러면 안 돼!'

　잠시 후 휴대폰으로, 나와서 놀자는 친구 전화가 왔지만 어진이는 못 나간다고 거절하는 것이었다. D-124는 심장이 조이는 듯한 고통을 느끼며 계속 어진이를 지켜보았다.

　아침을 먹은 뒤, 어진이가 컴퓨터 앞에 잠깐 앉기는 했다.

　그런데 게임에 접속하는 게 아니라 즐겨 보던 웹툰 몇 가지만 보고는 다시 자기 방으로 가서 문을 닫았다. 어진이의 눈빛을 보건대, 낮잠

126

을 잘 것 같지는 않았다.

"이건 배신이야. 어진이 쟤, 진짜 어떻게 된 거 아냐?'

D-124는 지끈거리는 이마를 짚으며, 어진이네 집에서 일단 후퇴했다.

달라진 어진이의 눈빛이 발에 밟히고, 어진이의 의젓해진 말투가 귀청을 찢을 듯 반복해서 울렸다.

'아무도 가르쳐 주지 않았는데, 왜 어진이는 저런 이상한 생각을 하는 걸까. 내가 잘 관리해 온 어진이가 인간 세계의 용어로 왜 저렇게 기특하게 달라지려는 걸까?'


D-124는 이 황당한 사건을 도저히 납득할 수 없어서, 그날 밤, 어진이의 꿈속으로 들어갔다.

"너 대체 왜 그래? 왜 달라진 거야? 무슨 일 있었어?"

어진이는 귀찮다는 듯이 말했다.

"아니, 별일 없는데!"

"근데 왜 갑자기 책상 정리를 하고 그래? 나는 적당히 어질러져 있는 게 편안하고 좋던데!"

"책상이 지저분한 걸 보니까, 갑자기 이대로는 안 되겠다는 생각이 들더라. 그래서 일단 정리했지. 그랬더니 기분이 좋던걸. 앞으로 책상 정리를 종종 할까 봐."

"며칠 전에는 분명히 게임도 하고 있었잖아. 근데 게임은 언제 지운 거야?"

마음먹다

"아, 그거. 게임하고 작별 인사하려고 마지막으로 잠시 한 거야. 고등학교에 다닐 동안은 게임 안 하려고."

잠시 암전. 그러고는 D-124의 머릿속에 '이, 제, 글, 렀, 다'는 말이 음절마다 번갈아 가며 깜빡이기 시작했다. 마치 시간차를 두고 차례차례 반짝이는 크리스마스 전구 같았다.

아니, '글렀다'는 D제국의 기준이지, 인간 세계의 기준으로는 다르겠다.

특히 어진이네 부모님은 얼굴에 웃음을 한가득 담고 서로 마주보며, 이 상황을 몹시 놀라워했다.

"거 봐요. 때가 되면 어진이도 철이 들 거라고, 내가 그랬지? 사춘기가 지난 거야. 보라구, 우리 어진이는 이제 공부도 열심히 하고 반듯하게 자랄 거야."

"맞아요. 아, 그리고 공부를 잘하지 않으면 어때? 생각이 깊은 아이가 되면 되는 거지. 안 그래요?"

D-124는 자신이 할 수 있는 조처를 취하기 시작했다.

야동도 수시로 어진이에게 디밀었고, 부모님 지갑에서 몰래 돈을 꺼내 놀러 가자는 친구의 제안도 받게 해 보았다. 소용없었다.

열등감도 작동시켜 보았다. 이제 와서 모범생의 흉내를 내거나 미래를 고민해 봤자 아무 소용없다는 생각을 수시로 떠올리게 했다. 효과가 없었다. 음주 가무와 게임, 가출과 친구와 몰려다니기, 폭력 서클에 가입하기, 무한정 게으름 피우기 등 세상에는 재미있는 일이 얼마든지 있다는 것도 번갈아 떠올리게 조종했지만, 재미있을 법한 일이 떠오를 때마다 어진이는 즉시즉시 지워 버리고 있었다.

유럽 축구 경기를 밤새도록 보고, 다음 날은 하루 종일 잠만 자게 하는 계획도 추진했다. 그러나 어진이는 축구는 조금만 보고, 진로에 도움을 주는 사이트에 들어가더니 난데없이 적성 검사를 하고 있었다. 어진이가 중얼대는 소리가 D-124의 귀에 쩌렁쩌렁 울렸다.

"거 봐. 나는 활동적이고 정의로운 일을 해야 한다니까!"

이어 어진이는 일기장을 펼치고 뭔가를 적기 시작했다.

'아니, 어진이가 언제 저런 불량한 걸 쓰기 시작한 거지?'

D-124가 놀라는 사이, 사각사각 소리를 내며 어진이의 플랜이 적히고 있었다.

"……적성 검사를 해 보니 나에게는 군인이나 경찰이 잘 어울린단다. 내가 평소에 느껴 온 것과 꼭 같은 결과다. 그러려면 아는 게 많아야 하니까 이제부터 책을 좀 읽어야겠다. 깔아 둔 게임도 없앴으니 내신 성적도 올려 볼까? 운동도 규칙적으로 열심히 해야지. 저녁마다 준비 운동을 한 다음에 줄넘기를 백 번씩 열 세트를 해야겠다. 권투 도장에 다니는 재영이 말에 따르면 그 정도는 해야 체력이 좋아진다고 했다. 나는 멋진 고등학생이 되고 싶다……."

'어진이가 꿈을 가지고 계획을 세우다니, 책을 읽고 게임을 안 한다니, 말도 안 돼!'

D-124는 패배를 인정해야 할 시점이 다가오는 것만 같아 속이 쓰렸다. 어진이의 게임이 끝남과 동시에 D-124의 게임도 끝난 것만 같

아 목이 탔다.

D-124가 한숨을 쉬며 어진이를 바라보는데, 이상하기도 하지, 어진이가 밉지는 않았다.

'짜식, 내가 관리하는 동안 나를 닮게 된 거야. 나도 일 열심히 하고 잘하고 싶어하잖아. 어진이도 마찬가지가 된 거야.'

미소를 짓다 말고, D-124는 화들짝 놀랐다.

'앗, 위험해. 이건 동화의 증상이야. 인간에게 동화되면 그건 D로서의 자격 미달인데, 이를 어쩌나.'

D-124는 자신이 받을 징계를 떠올렸다. 그리고 마지막 평가 회의에서 자신이 할 수 있는 최후의 변론도 생각해 보았다.

"D의 세계에서든 인간의 세계에서든, 열심히 성실하게 살아가는 것은 좋은 일일 것입니다. 모든 존재는 자유롭게 태어났으니, 우리 D들도, 인간들도, 자유 의지에 따라 자기 삶을 선택할 수 있어야 합니다……."

그러나 그런 말은 해서는 안 될 말. D-124는 마른 침을 꿀꺽 삼켰다.

대단한 몸살에 걸려 끙끙 앓고 난 D-124가 어진이를 다시 찾아갔을 때, 어진이는 친구 재영이와 편의점에서 삼각김밥을 먹고 있었다.

"백화점 이론은 또 뭐야?"

재영이가 밥풀을 입가에 묻힌 채 물었다.

"야, 백화점에 물건이 많으면 선택의 폭이 넓잖냐. 내가 무얼 할지,

어떤 사람이 될지는 모르지만 선택의 폭을 넓혀 두려는 거야. 이것저 것 많이 알고 있으면, 직업을 고르기도 좋을 거 아냐."

"그래서 니가 백화점을 차린다구?"

"짜식, 니가 이 형의 고고한 생각을 어찌 알겠냐? 다른 말로 하면, 왕국을 만들려고. 나만의 왕국. 그러자면 필요한 게 많은 것 같더라 구……. 내가 그 동안 너무 아무 생각 없이 산 것 같아. 그래서 이제부 터는 나 자신한테 관심 좀 가지려구. 너도 같이 해 볼래?"

"야, 김어진! 너, 쫌 재수 없으려고 한다!"


D-124도 재영이와 같은 마음이었다.

분명한 것은 어진이는 이제 어제의 어진이가 아니라는 점이다.

어진이는 자신에게 주어진 시간을 자신의 결정대로 사용할 것이다. D-124가 이끄는 방향대로 움직이지 않을 게 확실했다.


D-124는 눈을 질끈 감았다.

'호출 받기 전에 자발적으로 수퍼바이저 7을 만나러 가야 하나? 어 진이를 포기하겠다고 할까? '사춘기 너머 철들 무렵'이라는 속담에 내 가 희생되었다고 자백할까? ……'

D-124가 다시 눈을 떴을 때, 친구와 헤어진 어진이는 발걸음 가볍 게 집으로 가고 있었다. D-124의 절망적인 날갯짓이라도 느낀 걸까. 문득 뒤돌아 먼 하늘을 바라보는 어진이의 눈빛은 '사색의 눈빛', 바로 그것이었다.

김이윤

쓰고 그리는 것을 좋아한다. 머릿속에는 쓰고 싶고 그리고 싶은 게 많은데, 매일의 밥벌이와 매일의 살림살이에 치여, 풀어내지 못하고 있다, 고 생각하며 살고 있다. 아주 여러 해 그런 핑계를 댈 수 있음이 다행이기도, 고맙기도 하지만, 이제는 그 핑계가 스스로 지겨워지고 있다. 곧 다른 핑곗거리를 만들거나 더 이상 핑계 대지 않고 쓰고 그리거나, 그러고 싶다.

쓴 책에 『두려움에게 인사하는 법』과 『축하해』가 있는데, 내가 정한 것 아니지만, 두 책의 표지 그림이 다 사람 얼굴이다. 사람을 더 가까이 하라, 혹은 사람을 품어라, 가 보이지 않는 손길의 가르침인가 한다.

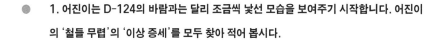
● **1.** 어진이는 D-124의 바람과는 달리 조금씩 낯선 모습을 보여주기 시작합니다. 어진이의 '철들 무렵'의 '이상 증세'를 모두 찾아 적어 봅시다.

**2.** D제국이 바라는 어진이의 모습과 어진이의 부모님이 바라는 어진이의 모습은 서로 다릅니다. 두 모습을 비교해 봅시다.

| D제국이 추구하는 인간상 | 부모님이 바라는 어진이의 모습 |
| --- | --- |
| | |

**3.** 소설 속 가상의 등장인물과 장치들은 현실 세계의 무엇을 빗대고 있는 것일까요? 빈칸을 채우며 생각해 봅시다.

• 인간을 관리하는 D들은 우리에게 _____과/와 같다.

왜냐면 _____이기 때문이다.

• 행동 감시용 수첩은 우리에게 _____과/와 같다.

왜냐면 _____이기 때문이다.

• D조미료는 현실 세계의 _____과/와 같다.

왜냐면 _____이기 때문이다.

• D들을 관리하는 수퍼바이저는 현실 세계의 _____과/
와 같다.

왜냐면 _____이기 때문이다.


4. 소설 속 어진이는 어느 날 돌연 마음을 먹고 부모님 말씀도 잘 듣고 규칙적인 생활을
하며 미래에 대해 고민하기 시작합니다. 어진이가 그랬듯 여러분도 마음에 변화가 있었
던 경험이 있나요? 변하게 된 계기와 변하기 전과 후의 모습을 이야기해 봅시다.

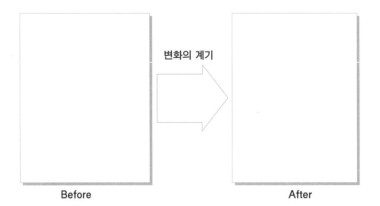

변화의 계기

Before                                                    After

5. 여러분의 하루를 아래 시계 모양 계획표의 안쪽 원에 정리해 봅시다. 바깥쪽 원에는
D조미료 그림 안에서 여러분이 계획을 지키지 못하도록 유혹하는 것들을 골라 적어 봅
시다. 또 유혹을 극복할 수 있는 방법도 함께 생각해 봅시다.

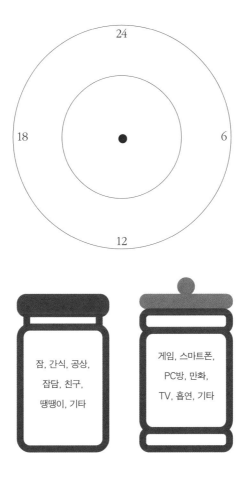

마음먹다

**6. 다음 글을 읽고, 마음가짐과 삶의 자세를 달리한다는 것이 얼마나 큰 변화인지, 또 어떤 긍정적인 변화를 가져올 수 있는지 여러분의 일상을 대입하여 생각해 봅시다.**

큰 싸움을 구경하고 싶다면 텔레비전을 켜기만 하면 된다. 시사 토크 프로그램에서는 쉴 새 없이 전쟁이 벌어진다. 한쪽에서 이렇게 말한다.

"이 사람들은 책임을 받아들여야 해요. 스스로 책임을 느낄 때까지……"

다른 쪽에서 대답한다.

"그러나 그들 잘못이 아니에요. 그들을 탓하면 안 됩니다. 그렇지 않나요?"

모두 설득력 있는 주장을 내세우지만 양쪽 모두 틀렸다.

우리는 무엇을 혹은 누구를 탓하는가? 부모를 탓하고 날씨를 탓하고, 경제를 탓하고, 배우자를 탓한다. 놀랍지 않은가? 어떻게 매번 탓할 대상이 생각날까?

우리는 마음속으로 생각한다. 오늘 내가 놓인 상황은 다른 사람과 외부 상황이 내게 저지른 일의 결과다. 다른 사람을 탓하고 다른 일을 탓하다 보면 힘이 약해진다. 우리는 '내 잘못이 아니야'라고 주장한다. 이런 사고방식에 동의하는 순간, 어떤 성공이든 가능성은 급격히 줄어든다.

예전에 내가 집도 없이 다리 밑에서 밑바닥 생활을 하고 있을 때, 누군가 내게 "이것도 다 네가 선택한 거야"라고 말한 적이 있었다. 이 말을 처음 들었을 때는 화가 치밀었다. '난 절대 이런 삶을 선택하지 않았어. 부모님만 돌아가시지 않았더라도, 보험금만 있었더라도, 아니, 누군가 날 도와줄 방법만 있었더라도, 정말 그렇기만 했더라도 이런 꼴은 되지 않았을 거야.' 그 당시에는 이런 생각만 했다.

우리가 지금 처한 현실을 자기 책임으로 받아들이지 않을 경우 미래를 바꿀 가능성이 없다는 점에서 이런 사고방식은 문제점을 지닌다. 자기의 현실이 대통령 탓이고, 이웃 탓이고, 배우자 탓이고, 정부 탓이고 날씨 탓이라면 정말 그렇다면 우리는 아무것도 할 수 없다. 우리가 대통령을 상대로 뭘할 수 있단 말인가? 하다못해 이웃에게는 뭘 할 수 있단 말인가? 확실히 말하지만 '아무것도 할 수 없다.' 그러나 거울 속의 자기 모습을 보면서 문제의 해답을 찾는다면, 바로 내 옆에 해결책이 있다면, 무한한 가능성이 있다. 오늘 당장 자신을 상대로 노력을 시작할 수 있기 때문이다.

시사 토크 프로그램에 출연하는 사람들이 미처 깨닫지 못하는 사실이 있다. 어떤 상황을 놓고 책임 소재를 따지거나 누군가의 기분을 상하게 하는 것이 책임은 아니라는 점이다. 책임이란 희망과 통제를 뜻한다. 우리 중 어느 누가 스스로 통제하는 멋진 미래를 '희망'하지 않겠는가? 책임감에 대한 아주 색다른 시각, 즉 '우리 스스로 미래를 통제할 수 있다'는 생각을 널리 퍼뜨릴 때 우리는 희망으로 가득 찬다. 우리 중 어느 누가 더 나은 미래를 원하지 않겠는가? 이 일곱 가지 결단은 오늘 우리의 선택에 영향을 미쳐서 더 나은 내일을 가져다 줄 것이다.

스스로 생각할 시간을 가지면서 판단하는 게 중요하다. 이미 일어난 말도 안 되는 일 자체를 나 혼자 힘으로 어떻게 해 볼 수는 없더라도 우리가 대응 과정에서 스스로 정한 선택 때문에 이처럼 마음에 안 드는 상황에까지 온 거라고 깨달아야 한다.

우리의 선택이 우리를 원치 않는 상황으로 몰고 간다. 그렇다면 이거야말로 빅 뉴스다. 자신이 선택했지만 이 때문에 원치 않는 상황으로 몰린다면,

마음먹다

우리가 선택을 해서 '원하는 방향으로 갈 수 있다는 근거가 되지 않을까? 오늘 우리가 처한 상황을 스스로도 어찌할 수 없다면 어떻게 해야 내일의 운명이 나아질까? 게임은 간단하다.

"더 나은 선택을 하라."

길을 만드는 건 우리 자신이다. 이런 사실을 깨달았으니 이제 주장할 수 있다. 책임지겠다고 결단하라. 책임지는 결단에 따라 살아가라. 나는 지난 과거와 미래를 책임진다. 이게 왜 중요할까? 오늘 우리가 처한 상황을 자기 책임이라고 인정하지 않는 한 우리 삶에서 앞으로 나아갈 기반이 없어지기 때문이다.

앤디 앤드루스, 『폰더 씨의 위대한 하루(실천편)』(세종서적) 중에서

**7. 다음 글에는 자신의 감정을 다스리며 목표를 이루기 위해 노력하는 아이의 모습이 그려져 있습니다. 이를 읽고 소설 속 어진이의 삶, 그리고 여러분의 삶과 비교해 봅시다.**

어른들과 마찬가지로 아이들도 매번 목표를 세웁니다. 올해에는 영어는 100점을 맞을 것이며, 수학은 90점까지 올리겠다는 등등. 공부를 잘하는 아이든 못하는 아이든 그 목표가 높든 낮든 아이들마다 각자 자신만의 목표는 다 있습니다. 문제는 생각하고 적어 놓은 대로 실천하는 아이가 드물다는 것입니다. 그럼에도 흥미로운 사실은 이때 상대적으로 자기 감정을 다룰 줄 아는 아이는 목표를 이룰 확률이 훨씬 높다는 것입니다.

자기 감정을 다룰 줄 아는 아이들은 해야 할 과제가 있으면 놀이나 게임을

하고 싶더라도 주변의 유혹을 뿌리치고 책상 앞에 앉을 수 있습니다. 숙제나 공부를 해야 할 이유를 계속 스스로에게 상기시키며 자기 감정을 다스릴 수 있기 때문입니다.

물론 아직 어린아이라서 당장 재미있는 놀이나 게임을 그만두고 책상에 앉기는 쉽지 않습니다. '조금 더 놀았으면⋯⋯', '게임 더 하고 싶은데⋯⋯', '숙제는 하기 싫어' 등등의 감정들이 당연히 생기지요. 이때 자기 감정을 다루는 데 미숙한 아이들은 순간적으로 떠오른 감정에 쉽게 빠져듭니다. '더 놀고 싶어'라는 생각이 들면, 그 마음을 진정시키지 못하고 그냥 놀러 나가 버립니다. 반면 감정을 다룰 줄 아는 아이는 자신의 감정을 차분히 가라앉히려고 노력합니다. '게임을 계속 하고 싶어'라는 마음이 들 때 그 충동에 그대로 넘어가지 않지요.

'게임을 계속 하고 싶긴 하지만, 해야 할 숙제가 있잖아. 일단 숙제부터 해야 하지 않을까?'하며 해야 할 일을 스스로에게 상기시켜 마음을 추스릅니다. 게임기나 텔레비전, 만화책 등의 유혹을 뒤로 하고 공책을 펼 수 있는 능력은 감정을 현명하게 다루느냐 아니면 감정에 휘둘리느냐에 달려 있습니다.

**함규정, 『감정에 휘둘리는 아이 감정을 다스리는 아이』(청림출판) 중에서**

마음먹다

((**

# 장지지러
가는날

- 이시백

»

# 읽기 전에

　　초등학교 운동회의 달리기 시합. 대여섯 명의 아이들이 출발선에 서서 결의에 찬 표정으로 출발을 기다립니다. 아이들은 저마다 죽을힘을 다해 달립니다. 그러나 일등을 한 아이의 환호성 뒤엔 언제나 늦게 들어온 아이들의 한숨 소리가 있습니다. 행여 넘어지기라도 해서 뒤처져 늦게 들어온 아이가 터뜨린 울음소리는 보는 사람들의 마음을 짠하게 만들지요. 이럴 때 누군가 어깨를 늘어뜨린 아이에게 다가와 "괜찮아."라고 말하며 품에 안아 준다면 어떨까요? 그 위로와 격려는 이 세상 그 무엇보다도 상처를 가장 빨리 낫게 하는 약이 아닐까요?

　이 소설은 스승의 날을 맞아 장천이가 자신에게 상처를 주었던 선생님을 찾아가 선생님에게 직접 장을 지져 드리겠다고 말하며 펼쳐지는 이야기입니다. 장천이는 어떤 마음으로 선생님을 찾아간 것일까요? 이 세상에 누구도 완전한 사람은 없습니다. 누구나 실패하고 좌절하며 이를 극복하는 과정에서 성장하지요. 그리고 성장하면서 입은 무수한 상처에는 따뜻한 눈길과 작은 관심, 믿고 사랑하는 마음만큼 잘 듣는 약이 없습니다. 우리들이 가장 많은 시간을 보내고 가장 많은 관계를 맺는 곳인 학교, 바로 그 학교에서 겪는 실패와 좌절을 치유할 수 있는 약은 무엇인지 소설을 읽으며 생각해 봅시다.

◇◇◇

　스승의 날이라 논다. 엄마들이 스승께 감사하러 올까 봐 교문을 걸어 잠근단다. 이해가 좀 안 되지만 하루 논다는 데 꼬치꼬치 따질 게 뭐 있으랴. 모처럼 잠을 푹 자고 느지막이 일어나 컴퓨터 앞에 앉아 블로그에 줄줄이 매달린 댓글을 읽던 장천은 문득 스승을 생각했다. 스승의 날이니 스승을 생각해야 되지 않겠는가. 스승의 은혜를 모르는 사람은 금수보다 못하다고 족발 스승님께서 말씀하셨다. 족발 스승님은 중학교 3학년 때의 담임 선생님 별명이다. 제자들이 잘못을 저지르면 친히 귀하신 발로 정강이를 차서 정신이 번쩍 들게 하고, 제자가 새우처럼 몸을 오그리면 그 등을 발뒤꿈치로 찍는 필살기를 지닌 분이다. 족발 필살기를 쓸 때마다 스승께서는 교실 바닥에 엎어져 지렁이처럼 꿈틀거리는 제자에게 "보래이. 이게 다 니를 위해 이러는 거래이."라는 말씀을 잊지 않으셨다. 아, 고마워라, 스승의 사랑. 아아아, 보답하리이.

　장천은 벌떡 일어나 족발 스승님을 찾아뵙기로 한다. 쇠뿔도 단김에 뽑고, 떡 본 김에 제사 지낸다고 하지 않던가. 장천은 닭이나 강아지가 되고 싶지 않았다. 제자들을 위해 손이고 발이고 가리지 않고 애를 써 주신 스승의 은혜를 잊어서야 어디 사람이라고 할 수 있겠는가.

　옷을 차려 입고 나서려던 장천은 문득 걸음을 멈춘다. 다른 날도 아

144

니고, 스승의 날인데 빈손으로 찾아뵐 수야 없는 일이다. 사람은 모름지기 인사를 잊지 않아야 한다고 기회 있을 때마다 스승께서 일러 주신 가르침이 생각났다. 인사는 단정한 몸가짐이 시작이고, 정성을 가득 담은 선물이 그 마무리라고 이르셨다. 수업 시간에도 말씀하시기를, 누구라고 말할 수는 없지만, 어느 어머니가 빈손으로 찾아와 무려 한 시간 동안 남편 흉만 보고 돌아갔다며 개탄하여 마지 않으셨다. 그래서 장천은 어머니가 학교에 오지 못하게 했다. 가지고 갈 선물도 없었지만 아버지의 흉을 보자면 한 시간이 아니라 서너 시간쯤 걸릴 것 같았기 때문이다.

"아버지, 장 지지는 게 뭐예요?"

"몰라. 아빠가 급히 할 게 있으니까 좀 비켜 봐."

아빠는 장천이 내준 컴퓨터에서 급히 고스톱 게임을 하기 시작했다.

장천은 드라마 재방송을 보고 있는 엄마에게 물어보았다.

"엄마, 손바닥에 장 지지는 게 뭐예요?"

"니네 아빠 담배 끊는 거."

"담배를 손바닥에다 지져요?"

"할머니한테 물어봐."

장천은 시골에서 강아지 주주와 오순도순 살고 있는 친할머니에게 전화를 걸었다.

"할머니, 장 지지는 게 뭐예요?"

"뭘 지져?"

"손바닥에 장 지지는 거요?"

145 ❀

"아, 뜸장 말여?"

"뜸장이 뭐예요?"

"삭신 쑤실 때 어깻죽지에 뜨는 쑥뜸 몰러?"

"아, 알아요."

"장천아. 근디 강아지 옷은 워디서 사 입히는겨?"

"인터넷요."

"그기 워딘디?"

"주주 스타일이 어떤데요?"

"키 말여? 한 자두 안 되는디, 무게는 한 두 근 나가려나?"

"어떤 옷을 좋아하냐구요?"

"으잉, 기냥 내처럼 훌렁 벗구 훌렁 입는 몸뻬가 좋것지, 뭐."

"알았어요."

"고무줄 쭉쭉 늘어나는 걸루, 잉?"

전화를 끊고 나서 장천은 작년에 엄마가 허리에 붙이던 쑥뜸을 찾기 시작했다. 스물두 개쯤의 서랍을 뒤진 끝에 드디어 장천은 큼지막하니 뭉쳐 놓은 쑥뜸을 찾아냈다. 주먹만 한 걸로 여남은 개를 주머니에 넣으려는데, 선물은 정성이 담겨야 한다던 스승의 말씀이 생각났다. 얼마 전, 엄마의 협박에 못 이겨 어버이날 사 드렸던 화장품 선물 상자를 꺼냈다. 거기에 정성 들여 쑥뜸을 담아 들고 장천은 집을 나섰다.

"어디 가니?"

엄마가 리모컨을 이리저리 돌리며 물었다. 아빠는 급한 일을 하느라 뒤도 돌아보지 않았다.

"장 지지러 가요."

"올 때 파스 좀 사 와라."

과연 모교는 명문 중학교다웠다. 스승의 날인데도 놀지 않는다. 교문을 지키고 서 있던 스승 한 분이 형사처럼 장천을 노려본다. 학생과 졸도봉 선생님이시다.

"어, 잔챙. 잘 지내지?"

장천이라는 이름을 놓아두고도 굳이 잔챙이라는 별명을 잊지 않고 불러 주시는 스승의 배려가 눈물 나게 고마웠다. 장천은 구십 도로 천천히 허리를 꺾어 인사를 드린다. 행여 졸도봉이 머리를 타격하지 않을까 걱정하며.

졸도봉 선생님의 아이템은 반들반들 길이 든 드럼 채이다. 한 대 맞으면 오 분쯤 머리를 감싸 쥐고 거의 졸도 상태에 빠지게 하는 위력을 지녀 '졸도봉'이라 불린다. 드럼 채에는 검은 매직펜으로 앞면에는 '졸도봉'이라 적혀 있고, 뒷면에는 좀 길게 '사랑의 매'라고 적혀 있었다. 저팔계가 삼지창을 휘두르듯이 손가락 사이에 드럼 채를 끼고 빙글빙글 돌리는 졸도봉 선생님의 가슴에는 '스승의 은혜에 감사합니다'라고 적힌 카네이션이 의젓하니 매달려 있었다.

드럼 채를 휘저으며 교문을 지키고 선 졸도봉 선생님은 스트리트 파이터의 장기예프 자세로 무슨 일로 왔느냐고 물었다. 장천은 떨리는 목소리로 스승을 찾아뵈러 왔다고 했다. 지뢰라도 탐색하듯 온몸을 살펴보던 졸도봉 선생님은 장천이 들고 있는 선물 상자를 보고는 부러워

죽겠다는 표정으로 마지못해 통과시켜 주었다.

교문 한쪽에서는 아이들이 쭈그리고 앉아 양말을 벗고 있었다. 색깔이 있는 양말이거나, 문자가 박혀 있는 양말을 신은 죄인들이었다. '스승을 존경하고 제자를 사랑하자'라는 현수막이 걸린 소나무 가지에는 냄새나는 양말들이 명태처럼 즐비하니 매달려 있었다. 맨발의 후배들은 자꾸 나이쓰(Nice) 문구가 선명하게 박힌 장천의 '조선 나이키' 양말을 자꾸 힐끔거렸다. 양말을 벗은 아이들은 차례대로 줄을 서서 졸도봉 선생님에게 드럼 채로 발바닥을 맞았다. 드럼 채가 후배들의 발바닥에 내리쳐질 때마다 장천은 제 발가락이 저릿저릿했다.

아아악 고마워라 스승의 사랑 아아악 보답하리이. 운동장에서는 아이들이 광목을 찢는 소리로 절규하며 스승의 날 노래 연습을 하고 있었다. 작년까지 장천도 운동장에 그렇게 줄을 서서 악을 썼었다. 오와 열을 맞추느라 숨을 헐떡이다 보면, 차라리 교실에 엎드려 공부하는 편이 나았다. 한 시간 전부터 운동장에 모여 고무줄처럼 뒤로 밀려났다가 앞으로 다가서기를 수없이 반복하고 나면, 졸리기 짝이 없는 교장 선생님의 말씀이 이어졌다. 교장 선생님의 말씀은 이 세상의 어떤 불면증 환자도 한 방에 치료할 수 있었다. 부작용이라곤 전혀 없는 친환경 수면제를 어찌해서 불면증 환자들이 모르고 있는지 안타까울 뿐이었다.

스승의 은혜는 하늘과 같으며, 스승은 그림자도 밟지 않는 법이며, 스승은 어두운 밤길의 등불과 같고, 인격을 길러 주는 마음의 어버이라는 훈시가 '에, 거 뭐시냐'라는 군소리와 함께 렉이라도 걸린 것처럼 끝없이 되풀이되었다.

지난해 스승의 날에 하던 말과 한 자도 바뀌지 않은 훈화 말씀이 마이크를 타고 온 동네에 쩌렁쩌렁 퍼져 나간다. 학교 가까이 있는 '천재 피씨방' 주인 아저씨며, 분식집 '참새나라' 아줌마, '책좀봐라' 책방 아저씨는 다른 건 몰라도 스승의 은혜만큼은 늘 가슴에 깊이 새기며 사실 수밖에 없을 것이다.

장천도 작년 스승의 날에 운동장에 서서 그 말씀을 몸을 비틀며 듣고 서 있었다. 교장 선생님의 말씀은 운동화 코로 땅을 파고, 땅바닥을 설설 기어 다니는 개미에게 침을 뱉고도 도무지 끝이 나지 않아, 온몸을 낙지처럼 비비 꼬며 몸부림치다가 줄 밖으로 어깻죽지가 슬쩍 삐져 나가는 바람에 학생과 선생님에게 귀를 잡혀 끌려 나간 적이 있었다. 땅바닥에 엎드려 팔 굽혀 펴기를 이백 번쯤 하면서, 자신의 어깻죽지가 줄에서 잠깐 삐져 나간 것이 국가 발전과 세계 평화에 어떤 해를 주었는지 궁금하지 않을 수가 없었다.

참되거라, 짝. 바르거라, 따악. 운동장의 아이들이 '스승의 은혜' 노래를 목청이 터져라 부르는 소리와 교문 구석에서 양말을 빼앗긴 아이들이 발바닥을 맞는 소리가 절묘한 화음을 이루어냈다.

장천도 양말을 빼앗긴 적이 있었다. 양말은 꼭 한 짝만 빼앗았다. 나머지 양말을 벗어 버리고 맨발로 다니면 반항한다고 혼이 났다. 온종일 한쪽 양말만 신은 채 매점도 가고, 축구도 하고, 화장실도 가야 했다. 교무실에 심부름을 가면 짝짝이 맨발을 본 선생님들은 아주 즐거

위하며 오갈 때마다 머리에 군밤을 주었다. 스승님들의 취미는 좀 이
상했다. 그래도 장천은 선배들처럼 냄새나는 양말을 입에 물고 있지
않아서 얼마나 다행인지 몰랐다.

스승의 날 행사가 끝나자, 아이들이 '와아' 소리를 내며 저글링처럼
교실로 밀려들어갔다.

현관으로 들어가려던 장천은 꼭끼요 선생님과 딱 마주쳤다.

"잔챙이 왔구나."

교무실에 끌려가면 어디선가 나타나 한 마디를 잊지 않고 타이르시
던 선생님이다.

"너, 또 왔구나. 내 시간에도 까불다 혼이 나더니. 니 엄마는 너 이러
는 거 알고 있니?"

아무리 바쁜 중이더라도 꼭끼요 선생님은 꾸중 듣는 아이가 있으면
만사 제쳐 놓고 달려와 친히 훈계를 잊지 않고 꼭 끼셨다.

"운이 참 좋았다. 니가 인재고등학교를 들어갔으니."

장천은 운이 좋은 아이처럼 환하게 웃어 보였다.

꼭끼요 선생님은 할 말이 없으면 운이 좋다고 했다. 이학년 때, 시험
성적이 나빠 혼난 적이 있었다.

"이렇게 공부 안하면 이담에 공장 다닌다."

"우리 아빠도 공장 다니는데요."

"아빠도 공부를 못하셨나 보네."

"전교에서 5등 안에 들어서 공고 장학생으로 갔다는데요."

"지금은 뭐 하시는데?"

"삼송반도체 공장 다니세요."

"운이 좋았구나."

장천은 무슨 운이 좋다는 건지 알지 못했다.

"학교는 다닐 만하니?"

조금만 있으면 다닐 만하지 못하게 되기를 간절히 바라는 눈으로 꼭끼요 선생님이 장천을 바라보았다. 장천은 학교 밴드에 들어갔으며, 거기서 드럼을 배우고 있다고 했다.

"그런 대책 없는 여유는 어디서 나오는 거니?"

꼭끼요 선생님은 그런 건 대학을 포기한 영선공고 똥통 아이들이나 하는 것이며, 그럴 틈이 있으면 영어 한 단어라도 더 외우라고 타일렀다. 장천이 요즘 배우는 팝송 악보에도 영어가 나온다고 하자, 꼭끼요 선생님은 한심하다는 얼굴로 혀를 찼다.

"그래, 넌 진로를 정했니?"

"교육 노동자가 되려구요."

장천은 좀 유식한 말을 써 보았다.

"교육 노동자?"

"국어 선생님이 되려구요."

"선생님이 노동자냐?"

"예. 일하는 사람은 다 노동자라던데요."

"누가?"

"한선남 선생님요."

2학년 때 담임이었던 한선남 선생님 이야기를 하자 꼭끼요 선생님은 뽀로통하니 입을 다물었다.

"난 노동자가 아냐. 교육 전문가라고."

무언가 더 끼어들려던 꼭끼요 선생님께서는 잘 가라는 말도 없이 휙 몸을 돌려 자리를 떴다. 운이 좋게 꼭끼요 선생님에게 일찍 풀려나 교무실로 가는데, 운이 좋지 않게 입따로 선생님을 만났다. 언제나 학생들에게 경어를 써 주는 입따로 선생님은 장천을 보고 여전히 고운 말로 반겨 주신다.

"스승의 날이라 찾아오셨구만. 기특하기도 하셔라."

환한 웃음으로 장천을 맞아 주는 중에도 입따로 선생님은 신발을 신은 채 복도를 쏜살같이 달려가던 아이의 귀를 놓치지 않고 낚아채셨다.

"신발 벗고 다니세요."

"아악! 예, 예."

하늘로 끌려 올라가는 귀를 따라 까치발을 들고 비명을 지르는 후배를 보며 장천은 제 귀가 찢어지는 듯하여 얼굴을 잔뜩 찌푸리지 않을 수 없었다. 입따로 선생님은 아무리 화가 나도 미소를 잃은 적이 없으셨다. 언젠가 장천도 사회 숙제를 안 해서 앞으로 불려 나간 적이 있었다.

"숙제를 안 해 오면 나쁜 학생이지요? 자, 입 다무세요, 피 튀어요."

양 볼을 손톱 끝으로 있는 대로 잡아 찢는 바람에 장천은 정말 피가 튀도록 악을 써야 했다. 입따로 선생님께서는 생글거리는 웃음을 띠고 아이스크림처럼 달콤하게 말씀하셨다.

"피 닦고 들어가세요."

입과 손이 따로 논다고 해서 입따로 선생님이라고 불리게 된 것이다.

"고등학교에 가니 공부하기 힘들지요?"

다정한 입따로 선생님의 말씀에도 장천은 자신의 어깨에 얹힌 선생님의 팔에 신경이 쓰여 부들부들 떠느라 대답을 제대로 못했다.

"앞으로 자주 놀러 와요."

진땀을 흘리며 장천은 드디어 교무실에 도착했다. 무슨 어드벤처 게임을 하는 기분이었다. 족발 선생님께서는 교무실에서 키가 껑충하니 큰 남학생을 문초 중이시다. 뒤편에 서서 장천은 선생님의 훈시가 끝나기를 기다렸다.

"될성부른 나무는 떡잎부터 알아보는 기다. 니는 떡잎이 뇌란 기라."

뺙. 껑충이는 정강이를 두 손으로 싸매고 개구리처럼 펄쩍펄쩍 뛴다.

"아픈 건 아나? 지집아들하구 놀러 댕길 때는 예전에 미처 몰랐제?"

뺙. 폴짝폴짝.

많이 보고, 정강이로 숱하게 겪어 본 풍경이다.

3학년 담임으로 만난 족발 선생님은 장천에게 겁부터 주었다.

"작년 한 해 푸지게 놀았제? 죄 없는 개구리나 잡으러 댕기고, 산에기 올라가 아카시아 꽃이나 따 먹으믄서 놀 땐 좋았제?"

족발 선생님은 장천의 2학년 때 담임인 한선남 선생님이 반 아이들을 데리고 개울에서 천렵을 하고, 뒷동산에 올라가 야외 학습하는 걸 트집 잡았다.

교회를 열심히 다닌다는 족발 선생님은 시험 보기 전에 아이들에게 몇 등 할 것인가를 하나님 앞에 작정하여 약속하라고 했다. 작정한 석차보다 떨어지면 매를 맞아야 했다.

"몇 등이고? 보자. 삼십이 등이믄 몇 대고?"

장천은 작정을 한 이십오 등을 못하여 일곱 대를 맞아야 했다. 사랑의 매가 하늘로 치켜 올라 가고 손바닥에 불이 떨어진다. 딱! 주여. 따악! 아버지이……

장천은 족발 선생님이 손바닥을 때릴 때마다 왜 주님과 아버지를 찾는지 궁금하여 물어보았다가 한 대 더 맞았다.

무엇보다 놀라운 것은 족발 선생님의 비상한 기억력이었다. 아이들을 부를 때면 이름 대신에 꼭 석차를 불렀다. "야, 서른둘." 다른 반 여학생들이 있는 매점에서도 족발 선생님은 중간고사에서 32등을 한 장천의 석차를 큰소리로 불렀다.

"서른너이. 니 성적으론 저 양선 똥통도 힘들데이."

그 말에 껑충이는 대번에 소금 맞은 배추처럼 어깨를 축 늘어뜨린다. 작년에 장천에게도 했던 말씀이다. 실업계인 양선 똥통이나 가라는 말에 장천은 껑충이처럼 어깨를 축 늘어뜨리지는 않았다. 족발 선생님이 보는 앞에서 바로 양선고등학교 교장선생님께 전화를 걸었다.

"양선고등학교가 똥통인가요?"

족발 선생님은 전화기를 뺏어서 끊어버리고는 장천이 원하는 인재고등학교 원서를 써 주었다.

"니가 인재를 들어가면 내 손바닥에 장을 지진다."

그런데 장천은 인재고등학교에 들어가고 말았다.

"우짠 일이고?"

154

마뜩찮은 얼굴로 장천을 바라보던 족발 선생님은 그가 들고 있는 선물 상자를 보고는 급히 얼굴에 웃음꽃을 피웠다.

"그래, 잘 다니제? 니, 억수로 의젓해졌데이."

그 덕분에 껑충이는 풀려나 교실로 돌아갈 수 있었다. 족발 선생님은 장천에게 의자까지 내어 주었다.

"스승의 날이라꼬 찾아왔나? 감동이데이."

장천은 들고 있던 상자를 열고 주먹만 한 쑥뜸을 조심스럽게 꺼냈다.

"그기 뭐꼬?"

"뜸장입니다."

"뜸자앙?"

큼지막한 뜸을 서너 개 꺼내들고, 장천은 스승께서 손을 내밀기를 기다렸다.

"지금 뭐 하노?"

"뜸장 지져드리려구요."

"뭐를 지져?"

"손바닥에 장을 지진다고 하셨잖아요?"

"내가 언제?"

"제가 인재고등학교에 들어가면 손바닥에 장을 지지신다고 네 번이나 말씀하셨잖아요?"

스승은 얼굴이 창백해지며 손을 내저었다.

"그기야 다 니 잘 되라꼬 한 말이제."

자리에서 일어나 두 손을 허우적거리는 바람에 장천은 도저히 쑥뜸에 불을 댕길 수가 없었다.

"그란 걸 비유라 안하나? 니, 국어 시간에 배우지 않았나? 직유, 은유 이칸 거 말이데이. 그래, 내가 니 정신 차리라꼬 비유로 한 말이데이."

"일단 장을 지지고 나서 말씀하시지요."

장천은 공손히 스승의 손바닥을 펴들고 쑥뜸을 얹어 드리려 했다. 손을 부들부들 떨던 족발 스승께서는 오늘은 바쁘니 나중에 하자고 뒤로 물러앉았다.

"그런 말을 하니까네 니도 분발한 게 아이가? 그기 다 널 위해 한 말이데이."

"선생님, 앞으로는 절 위해 주지 마세요."


쑥뜸이 든 상자를 들고 교무실을 나오는데, 누군가 머리를 쓰다듬는다. 꿀벙이 선생님이다. 언제나 꿀 먹은 벙어리처럼 말이 없으셔서 아이들이 꿀벙이 선생님이라고 부른다. 정년을 몇 해 안 남긴 꿀벙이 선생님은 지난해보다 훨씬 늙어 보였다. 아이들은 할아버지 선생님이라고 무서워하지 않았다. 수업 시간에도 마음대로 떠들고, 뒷문으로 제멋대로 드나들었다. 그럴 때면 우두커니 서서 아이들을 바라볼 뿐, 선생님은 매를 들 힘도 없어 보였다.

"어쩐 일이니?"

"장 지지러 왔어요."

사정 이야기를 다 듣고 난 꿀벙이 선생님은 장천의 머리만 쓰다듬어 주신다.

"쑥뜸이 어디다 쓰는 것인지는 아니?"

"약속 지킬 때요."

"그건 아픈 데를 낫게 하는 약이란다."

장천은 족발 선생님이 손바닥에 병이 났나 보다고 생각했다.

"그게 네 마음도 낫게 해 주었으면 좋겠구나."

마음이라. 장천은 돌아오면서 꿀벙이 선생님이 하신 말씀을 한참 생각했다. 마음도 병이 드나. 마음을 낫게 하려면 가슴에 쑥뜸을 지져야 하나. 가슴에 장을 지지면 서울대라도 들어가게 되나.

쑥뜸 생각에 빠져 파스 사오는 것을 잊었다. 집에 돌아오자마자 옆구리를 쿡쿡 두드리고 있던 엄마가 파스부터 찾았다.

"쑥뜸을 뜨면 안돼요?"

"니가 심부름을 잘하면 내 손에 장을 지지고 말지."

엄마의 핀잔이 못처럼 가슴에 박힌다. 장천은 꿀벙이 선생님이 하신 말씀의 뜻을 비로소 알게 되었다. 마음은 입에서 나오는 말로 아프게 된다는 것. 정강이를 차는 발로만 아픈 건 아니라는 것.

파스를 사러 동네 약국으로 달려가는데 주머니 속에 든 전화가 따르르 울린다. 중학교 동창인 용철이다. 장 지지러 족발 선생님을 만나고 오는 길이라는 말에 펄쩍 소리를 지른다.

"나한테는 종로 거리에서 벌거벗고 춤을 춘다고 하셨는데."

거, 재미있겠네. 장천은 용철에게 달려가며, 족발 선생님께서 종로 거리에서 벌거벗고 춤을 추는 장면을 눈앞에 그려 보았다. 벌써부터 가슴에 장이라도 지진 듯 즐거워지기 시작했다.

**이시백**

시골 학교에서 아이들을 가르치다가 배울 게 많아서 요즘은 광대울 산속에서 풍산개 한 마리와 고양이 열네 마리를 거느리고, 노크도 없이 찾아오는 고라니와 멧돼지와 너구리와 고슴도치를 이웃으로 삼아 주경야독하고 있습니다. 해 본 사람은 익히 알겠지만 낮에 밭을 가는 것은 조금 가능하나 밤에 책을 잡으면 기절하여 잠들기 쉽습니다. 요즘은 몽골 바이러스에 중독되어 틈만 나면 몽골로 달려가 하는 일 없이 어정거리며 걷다 옵니다.
동양문학 신인상을 받고 소설가로 개업한 뒤,『종을 훔치다』『갈보 콩』『누가 말을 죽였을까』『890만 번 주사위 던지기』등의 소설책을 짓고, 청소년 인문서『나에게 돈이란 무엇일까』를 여러 선생님들과 함께 지었습니다.

장지지러 가는 날

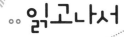

## 읽고 나서

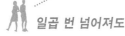

일곱 번 넘어져도

● 1. 스승의 날을 맞아 모교에 찾아간 장천은 오랜만에 만난 선생님들과 그저 알맹이 없는
대화를 주고받고 맙니다. 장천이 선생님들에게 진짜 하고 싶었던 말은 무엇이었을지 메
모지에 적어 봅시다.

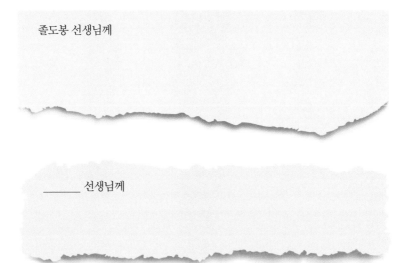

족발 선생님께

눈에 보이는 등수가 그 사람의 전부는 아니잖아요! 지금 성적이 안 좋아도
나중에 멋진 사람이 될 수 있다고요. 현재 모습만으로 모든 걸 단정 짓지 말
아 주세요!

졸도봉 선생님께

_____ 선생님께

2. 작품 속에 등장하는 선생님들은 왜 다음과 같은 별명을 가지게 되었는지 말해 봅시다.
또 내가 다니고 있는 학교의 선생님들의 특징을 가지고 작품 속 인물과 같이 별명을 지어
봅시다.

**소설 속 선생님들**

| | |
|---|---|
| 졸도봉 선생님 | 교문에서 생활 지도를 하며 드럼 채로 학생들의 머리를 강하게 내리침 |
| 꼭끼요 선생님 | |
| 입따로 선생님 | |
| 꿀벙이 선생님 | |
| 족발 선생님 | 제자들이 잘못을 저지르면 '귀하신 발'로 정강이를 차고 발뒤꿈치로 등을 찍는 필살기를 사용함 |

**우리 학교 선생님들**

| | |
|---|---|
| 짤라 선생님 | 졸업을 코앞에 두고 10명을 제적시킨 일화가 전설처럼 전해지는 우리 학교 |
| | |
| | |

3. 작품 속 장천과 같이 선생님이나 부모님의 말 때문에 상처받았던 경험이 있나요? 또 반대로 선생님이나 부모님께 상처를 주는 말은 한 적은 없나요? 다음과 같이 '상처받은 말 – 상처 주었던 말' 리스트를 만들어 봅시다.

| 선생님, 이런 말씀하실 때 상처받았어요. | 부모님, 이런 말씀하실 때 상처받았어요. |
|---|---|
| • 공부 못하는 것들은 떠들지 마라.<br>•<br>•<br>•<br>• | • 다른 애들은 잘하는데 너는 왜 못하니?<br>•<br>•<br>•<br>• |
| 선생님, 이렇게 말해서 죄송해요. | 부모님, 이렇게 말해서 죄송해요. |
| • 헐, 그래서 어쩌라고요?<br>•<br>•<br>•<br>• | • 잘 알지도 못하면서!<br>•<br>•<br>•<br>• |

4. 자존감이란 '내가 나를 존중하는 마음'입니다. 소설 속 장천처럼 여러 사람들로부터 자신을 깎아내리는 말을 듣게 된다면 자존감에 상처를 입게 되지요. 다음 글은 상처받은 자존감을 회복하기 위한 지침들입니다. 글을 읽고 나의 자존감을 지키기 위한 나만의 지침을 만들어 봅시다.

1. 가까운 사람과 친밀감을 키우고 이를 적극적으로 표현하자.
   - 나와 가까운 사람의 눈을 보며 "고마워, 좋아, 괜찮아, 잘했어"라고 말
   할 수 있도록 실천해 보자.
2. 누군가의 말을 잘 들어 주는 사람이 되자.
   - 누군가 나의 말을 잘 들어 주기를 바라듯이 우선 내 주위 사람들의 말
   을 잘 들어 주는 사람이 되자.
3. 누구보다 나를 사랑하자.
   - 나에 대한 긍정적인 평가를 바탕으로 나를 사랑하는 것만큼 더 훌륭한
   면역 체계는 없다.
4. 나를 받아들이자.
   - 자기의 모습 그대로를 수용하는 것은 나를 지탱해 주고 치유해 주는
   힘이다.
5. 사람에 대한 믿음을 회복하자.
   - 나에 대한 믿음을 바탕으로 나는 정서적 안전판을 갖게 되고 이는 타
   인과의 관계를 시작할 수 있는 힘이 된다.
6. 가족에 대한 사랑을 회복하자.
   - 가족은 우리가 가진 자존감의 중요한 뼈대를 제작하는 공간이다. 가족
   의 상처받은 자존감을 보듬어 주고 품어 주자. 가족과의 좋은 관계는 세
   상의 모든 좋은 관계를 위한 토대가 된다.
7. 긍정적인 변화는 서서히 나타난다.
   - 상처받은 자존감을 끌어올릴 수 있는 하나의 실마리가 바로 '변화'이
   다. 그러나 이러한 변화는 서서히 나타난다. 끝까지 포기하지 않는다면

장
지
지
러
가
는
날

긍정적인 변화를 만날 수 있을 것이다.

선안남, 『행복을 부르는 자존감의 힘』(소울메이트) 중에서

**5. 다음은 영화와 연극으로도 인기를 끌었던 소설 〈오즈의 마법사〉의 일부분입니다. 글을 읽고 마녀 글린다가 다른 사람을 대하는 태도와 작품 속 장천이를 대하는 선생님들의 태도가 어떻게 다른지 생각해 보고 다른 사람을 평가하는 바람직한 방법에 대해 이야기해 봅시다.**

도로시가 글린다에게 황금 모자를 건네자 글린다가 허수아비에게 물었다.

"도로시가 여길 떠나면 당신은 뭘 할 건가요?"

"전 에메랄드 시로 돌아갈 거예요. 오즈가 저더러 그곳을 다스리라고 했거든요. 그곳 사람들도 절 좋아하고요. 다만 망치 머리들이 진을 치고 있는 언덕이 있는데, 거길 어떻게 넘어가야 할지 그게 걱정이예요."

"황금 모자로 날개 달린 원숭이들을 불러 당신을 에메랄드 시 성문 앞까지 데려다 주라고 부탁할게요. 내가 당신을 도와주지 않아 당신처럼 훌륭한 지도자가 시를 다스릴 수 없다면 그건 정말 애석한 일이니까요."

"제가 정말 그렇게 훌륭한가요?"

허수아비가 물었다.

"당신은 특별해요."

글린다는 그렇게 대답한 뒤 양철 나무꾼을 돌아보며 질문을 던졌다.

"도로시가 떠나면 당신은 뭘 할 거죠?"

양철 나무꾼은 도끼를 짚고 서서 잠시 생각에 잠겼다. 그리고 마침내 입을 열었다.

"윙키들이 저한테 아주 친절했어요. 못된 마녀가 죽자 제가 자기들을 다스려 주길 바랐죠. 저도 윙키들이 좋고요. 그러니 서쪽 나라로 돌아갈 수만 있다면 영원히 그곳을 다스리는 게 제 가장 큰 소원이에요."

"그럼 날개 달린 원숭이들에게 내리는 내 두 번째 명령은 당신을 윙키들의 나라로 무사히 데려다 주라는 게 되겠군요. 당신의 지혜는 허수아비의 지혜만큼 눈에 띄지 않지만 사실 알고 보면 당신이 더 지혜로워요. 아, 물론 반짝반짝 잘 닦았을 때 말이지만요. 어쨌거나 당신은 윙키들을 현명하게 잘 다스릴 거예요."

글린다가 이번에는 덩치가 크고 갈기가 덥수룩한 사자를 돌아보며 물었다.

"도로시가 집으로 돌아가면 당신은 뭘 할 거죠?"

"망치 머리들의 언덕 너머에 크고 오래된 숲이 있는데 그곳에 사는 모든 동물들이 저를 왕으로 추대했습니다. 그 숲으로 돌아갈 수만 있다면 평생 동안 거기서 행복하게 살고 싶습니다."

"그럼 날개 달린 원숭이들에게 내리는 내 세 번째 명령은 당신을 그 숲으로 데려다 주라는 게 되겠군요. 그렇게 해서 황금 모자의 힘을 다 쓰고 나면 난 그 모자를 우두머리 원숭이에게 돌려주겠어요. 그들이 앞으로 영원히 자유롭게 살 수 있도록 말이에요."

허수아비와 양철 나무꾼과 사자는 착한 마녀의 친절에 진심으로 고마워했다.

**라이먼 프랭크 바움, 『오즈의 마법사』(비룡소) 중에서**

장지지러 가는 날

((\*\*

현피

- 정미

>>

# 읽기 전에

　　아무도 만나고 싶지 않을 때가 있나요? 무인도로 숨어 버리고 싶은 적이 있나요? 누구든 나를 아는 사람이 아무도 없는 곳으로 가서 나를 숨기고 싶은 충동, 우리는 어떤 때 그런 감정을 느낄까요? 일이 계획대로 되지 않을 때, 뭐든 내 맘대로 이루어지지 않거나 내가 의도하지 않은 결과가 내 책임으로 돌아와 나를 힘들게 할 때, 우리는 그 어떤 누구보다 스스로에게 절망하여 나 자신을 숨기고 싶습니다.

　이 소설은 학교 가기를 거부하고 집에서만 지내는 학생에 관한 이야기입니다. 컴퓨터 속 게임과 채팅을 통해 모르는 사람들 속에서 자신을 드러내지 않고 지내는 하루하루를 가장 평온하다고 믿고 있는 주인공의 일상에 파문이 일어납니다. 자신의 일상을 지탱해 주고 있었던 엄마, 아빠는 빚에 쫓겨 자신만 두고 도망을 가 버리고, 부모님의 빚을 받으러 온 낯선 아저씨와의 동거가 시작되는 것입니다. 학교는 물론 집 밖에도 나가지 못하는 자신을 비웃으며 자신이 무기력하다고 욕해 온 자신의 아버지와 닮았다고 비아냥거리는 이 낯선 남자에게 소년은 어떻게 저항할 수 있을까요? 낯선 남자의 비난을 온 몸으로 거부하고 싶은 소년, 소년의 세상 밖으로의 한 걸음은 암스트롱이 달에 내디딘 첫발보다 더 힘들어 보입니다. 소년의 발걸음이 어디로 향하는지 지금부터 만나 봅시다.

현
피

◇◇◇

1.

주먹이 코에 달린 전사가 어디 있느냐고?

본 적 없으면 아는 체 마. 여기 행복주택 404호에 분명히 있으니까. 낡고 오래된 우리의 집, 아니 내 행성. 아니 내 세상에 말이야.

어느 날 갑자기! 학교를 바래다주는 엄마에게 차 속에서 말했지.

"내가 자살해 버리길 바라요? 살길 원해요?"

엄마는 벌벌벌 떨면서 살아있기를 애원하다, 협박하다가 결국엔 포기했지. 그때부터 난 학교라는 행성에서 끙끙 찔찔거리지 않아도 됐어. 먹고 싶으면 먹고, 자고 싶으면 자고, TV 채널을 눌러 대다가, 내가 원하는 대로 작동하는 컴퓨터를 시시각각 부리곤 했지. 통신망을 돌아다니며 익명의 친구와의 채팅이, 채팅보다 게임이 나를 편안케 해. 그것도 시들해지면 다른 행성들을 탐색하느라 책도 뒤적이면서. 흠, 행복이라는 내 행성의 이름에 걸맞게 살게 된 거야. 불과 몇 개월밖에 안되었지만.

바깥세상? 그까짓 것! 그게 뭐 대단한 거라고……. 한 사람이 태어나 죽을 때까지의 궁극적인 목표가 '자신의 가치를 발견하고, 그걸 추

---

∗ 현피 : '현실'과 'PK(Player Kill, '상대를 죽인=다'는 게임 용어)'의 앞 글자를 딴 합성어.

170

구하면서 얼마나 행복하게 살다가 죽느냐'라며(?) 크크. 그렇다면 난 벌써 그 경지에 있지 않은가. 바깥세상에서 아등바등 경쟁하며 먹는 밥이나, 내 행성에서 먹는 눈칫밥이 차이 나야 얼마나 나겠는가. 어차피 바깥세상은 내가 아프든, 굶든, 죽든…… 지금처럼, 주먹이 코에 달린 전사가 침입해 내 행성을 짓밟든 아무 상관없이 쌩쌩 잘 돌아갈 게 아니냐 말이야!

살다 보면 별별 일을 다 겪게 된다고 엄마가 말했지. 그런 날에는 불안해서 그릇을 깨뜨리게 된다고. 그러면서 나랑 눈 한 번 맞추지 않고, 뭔가에 쫓기듯 바깥세상으로 떠나더라고. 가만 생각해 보니 깊은 밤에 엄마가 서럽게 서럽게 울었던 것도 같아. 그래서였을까. 왠지 불안해지면서 엄마가 말한 그런 날이 내게 처음으로 다가오는구나 싶었어.

내가 주먹코전사라고 명하고, 한 행성인이 불법 사채업자라고 말한 그가 나타난 그날, 아빠는 아침부터 혼자 술을 마셔 댔어. '끄억끄억' 울면서. 그럴수록 난 자꾸 어른이 우는 게 우스꽝스럽게 여겨졌지. 덩치라도 작으면 똥 씹는 기분이 덜 들었을 텐데. 갑자기 십 년은 더 늙어 보이는 아빠. 그 어떤 말로도 아빠의 눈물을 그치게 할 수 없을 것 같았지.

"인생 헛살았어야. 낚시에 빠져 산 것 말고는 성실히 살았는데…… 너도 못난 아비가 밉지? 앞으로 어떻게 살아간다냐? 빈털터리 돼 버렸어, 내가……"

신세 한탄을 들으면 측은하다는 생각이 들어야 하는데, 그래 넌 무능력자였어, 엄마한테만 다 맡겨 놓고 한량처럼 돌아쳤잖아, 그래 놓

현
피

고 이제 와서 뭘 후회야? 대책 없는 징징거림이 성가셔서 막 짜증만 솟구치는 거야. 그때부터 마치 기다리고 있었다는 듯이 낯모르는 행성인들이 들이닥치기 시작했어. 아, 죽을 맛이었지. 귀찮아서!

"어떡해! 내 금쪽같은 돈! 내 돈! 다른 집 것은 다 두고라도 우리 돈은 내놓아야 혀! 세상에 내가 미쳤지. 이자 몇 푼에 눈멀어 이렇게 되다니…… 오냐, 남의 돈 무서운 줄 모르고 겁대가리 없이 가게 확장하더니! 내 이렇게 될 줄 알았지. 콩밥 먹고 싶지 않으면 빨리 내놔. 이집 나한테 안 넘기면 고소할 거야! 고소!"

기름기 잘잘 흐르는 행성인이 돼지 멱따는 소리로 악쓰며 바닥을 쳐 댔지.

"고소하든지 죽이든지 맘대로들 하세요……. 나도 살고 싶지 않으니까."

행성인들에게 멱살 잡혀 끌려 다니던 아빠가 캑캑거리다가 겨우 찍소리를 냈어. 그 말에 한 행성인이 아빠를 향해 스트레이트 펀치를 무자비하게 날리고, 바닥으로 나자빠지자 발로 짓밟는 거야. 뭐야, 진짜. 왜 내 행성에서 영화 찍고 지랄이야, 짱나게! 이러지도 저러지도 못하고 서 있던 나는 할 수만 있다면 땅속으로 푹 꺼져버리고 싶었어. 아, 근데, 게임에서처럼 분신술이 안 통하잖아……. 그래도 아빤데 그냥 모른 척할 수만은 없었지. 낚싯대를 휘둘러 닥치는 대로 패 버려? 맘속으로만 수백 번도 더 행성인들을 마구 작살내고 있을 때였지. 그 순간에 짜잔! 우락부락한 얼굴에 코가 주먹만 한 전사가 바람처럼 나타나 흥분한 행성인들로부터 멱살잡이당하는 아빠를 구해 주더라고.

"아, 첫째도 침착, 둘째도 침착하잔께요. 이러면 우리가 고발당합니다. 가택 침입 난동죄로!"

무슨 구호 같은 말 몇 마디로 행성인들을 딱 장악해 버리는 그는 정말이지 게임 속에 나오는 영웅이었어! 낮게 뇌까리는 그의 말은 이상한 힘이 실려 있어서 사람들을 움찔하게 하였거든. 물론 뒤늦게 불시착한 행성인 하나가 눈치코치 없이 악을 바락바락 쓰기도 하고, 몇 명의 행성인들이 더 몰려와 소란을 피웠지만, 새벽녘이 되어서는 다 돌아들 갔지. 아니, 주먹코전사의 위력에 풀이 죽어 분해돼 버렸다고 해야 하나. 행성인들이 다 사라지자 이빨을 드러낸 개처럼 주먹코전사는 아빠에게 주먹을 갖다 대며 으르렁거렸지. 엄마 연락처를 대라는 거였어. 짜고 치는 고스톱인 줄 다 안다면서! 그럼, 엄마 아빠가 계획적으로 판을 뒤집었다는 뜻? 그건 잘 모르겠고. 그렇게 한참을 아빠의 가슴을 쥐어들다가 둘러메고 온 이불을 소파 앞에 차악 펼쳐 눕더라고.

아빠는 '케에캑' 기침을 해대며 토해댔지. 얼굴이 눈물 콧물로 엉망이었대도 난 닦아 주지 않았어. 주먹코전사보다 덩치도 좋으면서 맨바닥에 새우처럼 오그라드는 모습이 정말 한심하였기 때문이야. 글고, 난장판이 된 행성보다는 채팅과 게임으로 세월을 죽이지 못한 하루가 더 안타깝더라고. 그래서 지칠 대로 지쳤는데도 컴퓨터 앞에 앉았어. 게임을 시작했지. 이제야 살 것 같아, 게임을 계속하니까 시간이 쏜살같이 흘러, 흘러가…… 나의 행성에서는 내가 잠드는 때가 밤일 뿐이지.

2.

"아그야! 야이, 아새끼야! 일어나 봐. 니 애비마저 토껴부렀다. 나가
한숨 껌뻑한 새에 사라져버렸다 안카나! 갈 만한 곳을 다 뒤졌는데 찾
을 수 없어야. 설마 널 두고 네 애비마저 도망이야 쳤겠냐 싶어서 기냥
들어와 부렀지만서두! 나가, 나가 이런 실수를 다 허다니……."

주먹코전사가 노기로 입술을 바르르 떨면서 나를 잡아 흔들었어. 게
임하다가 나도 모르게 쓰러져 잠들었던 모양이야. 침대에 기어 들어간
기억이 없는데 침대에 누워있더라고. 오후 네 시가 되어서야 깨어난
거였지. 벌떡 일어나 거실로 나갔어. 거실 한구석에서 새우잠 자던 아
빠가 보이지 않았지.

"헐, 어제 일이 전부 꿈인 줄 알았는데……."

"니미, 올해 재수 옴 붙었나. 쌍! 내두 꿈이었으면 싶다카이."

주먹코전사가 담배 연기를 확 뿜었어. 그러고는 화투장 내리치면
서 쌍욕을 연신 해댔지. 물론 혼자. 그는 우리 행성에 들어와 앉은 자
리, 거실 소파 앞바닥에 둥지를 틀었지. 이렇게 얘기하면 꽤 예의가 있
는 전사 같지? 하지만 그는 직업상 남의 물건을 눈곱만큼이라도 손 안
대고, 전부를 가져가는, 돈 받는 데 고수라고 했어. 하지만 나 또한 말
하자면, 게임 레벨 올리는 데서는 한 끗발 날리는 용사 아닌가. 아무리
어느 날부터 집에만 죽치고 있다 해도 저런 전사 하나쯤은 누워서 식
은 죽 먹기라고 생각했지. 동네에 소문나지 않게 일을 처리하려면, 보
기 싫은 사람도 참아야 하고 하기 싫은 일도 해야 한다는 것. 즉, 내 행
성의 평화를 되찾기 위해서 주먹코전사의 비위를 맞추기로 한 거야.

온라인 게임 대신, 오프라인 게임을 하기로!

"저어, 아저씨, 아저씨도 식사하실래요?"

"밥 말고 라면, 거……머시냐! 화끈하게 매운 라면. 신나, 신나, 그 신…… 뭔 라면 있잖냐? 속 좀 확 풀리게! 뭐, 괜히 살림에 손댔다간 큰일 나니께. 걸로 걸로 부탁헌다잉!"

주먹코전사는 신나, 신나,를 일부러 이빨을 내리찍으면서 동시에 으득 이를 간 듯 발음했어. 라면, 솔직히 내 손으로 한 번도 끓여 본 적이 없었지. 언제나 엄마가 내게 필요한 모든 걸 다 해결해 주었으니까.

"저, 전사, 아니, 아저씨, 라면 다 끓었는데요."

"오키토끼! 오키토끼!"

주먹코전사의 말을, 나는 처음엔 게임용어로 알아들었어.

그런데 그 어원을 알 수 없는 오키토끼의 뜻은 오토바이 키, 토낄 토 깽이, 란 뜻이래. 전라도와 경상도의 주먹 세계에서 손을 털고서부터 불법 사채 바닥에서 오토바이 타고 날아다닌다는 전사는, 나처럼 허 여멀건 우리 아빠 같은 인간이 가장 재수 없대. 나사가 빠져도 몇 개는 빠졌을 거라나? 사내구실도 못할 기생오라비 같은 게, 뭐 한 대 후려칠 거리도 못 돼서 주먹이 마악 운대. 난 아빠 같은 인간이 아닌데. 비록 사이버에서지만, 게임에 들어갔다 하면 그 세상을 순식간에 장악해 버 리는데……. 그런 용사를 몰라보는 주먹코전사가 밥이 넘어가지 않을 만큼 재수 없었지. 단지 빚쟁이라는 이유만으로 내 행성에 무단 침입 해 공격을 해 대는 난폭한 주먹코전사. 빨리 무찔러, 내 행성에서 추방 해 버려야 할 텐데!

현
피

주먹코전사가 옆구리에 차고 있던 가죽 가방에서 종이 뭉치를 꺼냈어. 종이를 몇 장 넘기더니 한 장을 끄집어냈지. 그걸 읽으면서 오른손으론 화장지로 입술에 묻은 라면 국물을 쓱쓱 닦아.

"아새끼야, 요게 뭔 서륜 줄이나 아나?"

입술에 붙은 화장지를 떼려는지 전사가 누런 이빨로 아랫입술을 깨물어. 큰 주먹코가 힘을 뺀 주먹처럼 퍼졌지.

"아, 아뇨, 전 아무것도 몰라요."

"지랄헌다. 그니까, 니 집이 이 꼴로 쫄딱 망해부렀제. 이거이 바로 차용증서라는 거시다. 이거 땜에 니 엄마 아빠가 빼도 박도 못한다는 말이시. 근데, 이 404호가 니 에미 앞으로 돼 있어부러야. 그렇다 혀도 돈 못 받아낼 나가 아니지만 말이제. 아암. 아, 고건 고렇코, 아무리 아새끼라도 그렇지. 아새끼가 니 하나면 집안이 뭔 꼴로 돌아가는지는 알았어야지? 엉?……. 허긴, 제정신이면 멀쩡히 댕기던 핵꼴 안 가고 집구석지에만 처백혀 있지도 않겄지. 니도 어느 날 갑재기 몸에서 나사가 빠져 버린 기야. 아니가? 공부도 핼 만큼 했담서 와 핵교는 안 댕기고 자빠져 부린 거? 와?……."

전사가 이빨로 윗입술을 긁어내리면서 나를 쳐다봐. 이빨로 긁어모은 라면 국물은 어떤 맛일까. 불현듯 구역질이 확 느껴져 눈길을 내리깔았어.

'저 종잇장만 찢어 버리면, 내 행성을 되찾을 수 있는 거잖아.'

번개처럼 떠오른 묘책을 들킬까 봐 나는 아무런 말도, 고개를 들 수가 없었지. 할 말도 없었지만.

"하기사, 내 코가 넉잔데, 남의 아새끼 걱정할 처지가 아니제. 니 에미 어딨는지나 대라잉. 왕자님 대하듯 키워 온 아새끼한테 연락처 안 넘기고 떠날 니 에미가 아니니께. 존말할 때 빨리 불어잉. 글구, 신고헌다고 아가리 벌려 설쳐대면 알제?……."

가래가 낀 듯한 목소리로 나를 협박했어. 아귀처럼 달려든 전사에게 이미 팔 하나가 잡혀 있었고, 주먹은 가슴을 치고 있었지. 나를 노려보는 눈빛에 소름이 확 끼치더라고. 그때 떠오른 생각이 뭔지 알아? 어쩐 일인지 난 엄마가 우리를 떠날 것을 이미 알고 있었다는 거였지. 그래서 지금껏 엄마를 기다리지 않았던 모양이야. 씨팔, 찔끔, 눈물이 났어. 생활력 없어서 엄마한테 빌빌거렸던……. 아빠를 기다리고 있는 내가 한심스러웠지. 망할, 이 성가심으로부터, 아니, 공포에서 해방되고픈 생각으로.

그런데 오갈 데 없어서 금방 돌아올 줄 알았던 아빠한테서도 아직 아무 연락이 없어. 아빠 휴대폰에 몇 번 연락해 봤지만 먹통이야.

'별일 없을 거야. 이보다 더 나빠질 순 없어.'

나 스스로 위로해 보았지만 이따금 불길한 생각이 꼬리를 물었지. 하루, 이틀, 사흘…… 하루하루가 너무 길어서 몇 년이 흐른 것 같아. 엄마 아빠가 외출한 행성에서 나 혼자 놀던 하루와는 정말 다른 시간이야. 술 안 마셨을 때의 주먹코전사는 요령껏 나를 구워삶았고, 술 취하면 난폭한 요구로 사람을 못살게 했지. 누군가 초인종을 눌러 대도 인기척을 할 수 없었어. 주먹을 내 면상까지 들이대며 부르르 떨던 전사가, 컴퓨터하는 내게 로또 복권을 맞춰 보게 했어. 컴퓨터 검색은 내

전공이잖아.

"아, 일등허게만 해 줘불면 나가 이롬코롬 험하게, 드럽게 살지 않겠 구면요. 거시기 좀 잘못 놀려 요케 된 것 용서해 주시거요. 아, 우리 아 새끼들 생각혀서, 대박! 아니, 제발 이등이라도 허게 해주세유! 하늘 님, 조상님, 아버님, 행님……."

간절히, 무릎까지 꿇은 전사는 진짜 웃기는 짬뽕이야. 웬 코미디언 가 싶어서 하마터면 웃음이 터질 뻔했어. 한데도 로또 복권은 한 장 빼 곤 모두 꽝이었지. 본전치기한 로또로 다시 사면 대박날 수 있다나? 대 대~박! 말은 그렇게 하면서도 주먹코전사는 김이 빠져 버렸는지, 그 걸 나한테 던져 주고는 술을 마시기 시작했어. 아마도 내가 로또를 바 꾸러 바깥으로 못 나갈 인간이라는 걸 알아서겠지. 마트에 갈 때도 날 감시하거나 시키지 않았으니까.

로또 복권은 나의 행성을 되찾을 수 있는 두 번째 방법이었지. 물론 한 방에 당첨되어야 가능한 일이지만, 물 위의 지푸라기 같은 희망도 내겐 너무 절실해. 전사가 돌려달랠까 봐 얼른 호주머니에 넣었어. 당 첨된 로또인 것처럼 막 가슴이 뛰더라고, 어디서 바꿀지도 저절로 떠 올랐어. 버스 정류장 건너편에 있는 곳, 제법 높은 상금까지 당첨된 곳 이라는 광고가 붙어 있었지. 주먹코전사의 생각처럼 로또를 바꾸러 바 깥세상으로 나가지도 못할 거면서, 그럴 거면서, 흑흑……. 그런데 그 곳을 떠올리자 작년에 같은 반이었던 여자애가 떠오르는 거야. 로또 판매점 옆의 분식점에서 엄마를 돕던 웃기도 잘 웃던 여자애가. 내게 휴대폰이 없는 게 처음으로 난감했지. 집전화로? 하긴 여자애 전화번

호도 모르잖아. 하지만 내가 누구야? 네이트온에서 그 여자애를 찾기 시작했어.

'그래, 그 애라면 날 도와줄 거야. 날 좋아하는 눈치였으니까. 불현 듯 개가 떠오른 것도 우연이 아니야. 분명 로또에 당첨될 운명인 거야! 그 애의 밝고 경쾌한 웃음소리…… 개 생각하니까, 조금 기운이 나! 좋아, 넹~ 좋아요. 하느님! 로또에 꼭 당첨되게 해 주세요. 일등이 어려우면 이등이라도. 아니, 사정이 급하니까, 삼등도 괜찮아요. 하지만 사, 사등은 안 돼요. 상금이 너무 짜더라고요. 당첨되는 게 어마어마한 확률이라고 해도 전지전능한 하느님한테는 아주 쉬운 일이잖아요. 그쵸? 그쵸? 그러니 제발 당첨되게만 해 주세요. 하느님, 착한 사람 되려 노력하고, 바깥세상, 바깥세상에도…… 나가…… 보도록 해볼게요. 하느님한테는 관심 없는 일이겠지만, 저 진짜 힘든 미끼를 던지는 거예요. 미끼? 아, 계약 조건요. 그니까, 당첨! 꼭이요. 꼭…… 제발요, 하느님. 그런데 개는 왜 이렇게 네이트온에 안 나타나? 당장 접속 좀 하게 해 줘요. 그럼 다른 부탁은 안 할게요. 아냐, 안 돼! 이런 바보탱이…… 그러면 내 행성을 되찾을 수 없게 되잖아. 그건 아니고요……. 제가 잘할게요, 학교 중단한 벌도 나중에 꼬옥 받을게요. 맘씨 좋은 하느님, 먼저는 로또에 꼭 당첨되게 해 주고, 또 개도 접속하게 해 주삼! 꼭이요, 꼭…… 아, 제발 좀 나타나라, 빨리, 빨리…… 띠딩!

개: 와우! 방가방가. 진짜 너얌?

나: ^^ 웅. 근데 왜 이제야 접속해?

걔: 야아, 학교 갔다 왔지. ㅠㅠ 아, 왕 부럽당. 학교서 썩지 않아도 되공.

나: 학교 갈 시간이라는 걸 깜빡……ㅋㅋ

걔: 근데, 쫌 뻘쭘한 얘긴데, 계속 궁금해 갖구 못 참겠어서. 갑자기 학곤 왜 관둔 거얌?

나: 왜 관뒀지? 왜 관뒀을까? 어느 날 갑자기 왜 그만둔 걸까? ㅎㅎ……

(아는 사람과의 채팅은 피곤한 일이다)

걔: 짱나면 말 안 해도 뭐…… 맞아! 지루했을 거얌. 공부하고 학교 가고 학교 가고 공부하고 또 공부하고…… 나도 빙빙 돌거덩. 엄마랑 먹고사는 거 급하니깐 그런 생각 집어치고 있지만. 완전 빙글빙글. 그니깐 닌 계속 돌아가는 쳇바퀴가 무료해서 뛰어내린 건가?

나: ……??

걔: 다른 뜻이 아니라 울 엄마 말이, 일본 쓰나미 같은 거처럼 고난을 겪을수록 사람들은 더 살려고 발버둥친다는 거야. 동물도, 식물도. 울 엄마처럼 악착같이! 스위스가 복지국가라는데 자살 많이 하는 이유 알자나? 이런 얘기 좀 뜬금없나? 미안. ㅎㅎ

나: 그럴까? 그랬을까? 그런 것도 같넹. 뭐, 잘 모르겠다.

걔: 근데……진짜야? 집에 난리 났다는 소문? …… 또 미안.

나: 그런가 봐. 전사가 나타난 걸 보면……. (아는 사람과의 채팅은 진짜 피곤하다)

걔: 전사? 여유ㅋㅋ 너네 엄마 너라면 @_@ 이러셨잖아. 곧 연락할 거얌.

나: 집 전화 엄마한테 돌려 놨거덩……. 근데 고객님 전화도 꺼져 있대.

걔: 야이, 그 상황에 전화하겠냐? 니가 컴퓨터광이니깐……메일로 연락

하겠징.

　　나: 짜앙, 너 천재.

　　걔: 깔깔깔. 근데, 무슨 일로 날 다 찾은 거야?

　　나: ……

　　걔: 야아 지금 씹는 거얌? 나두 바쁘단 말씀! 가게 도와줘야 돼~

　　나: ……

　　걔: 화장실 갔삼? …… 아예 간 거임?


　　여자애의 웃는 모습이 떠올라서, 나는 계속 걔와 채팅하고 싶었어. 그런데 더는 컴퓨터 앞에 앉아 있을 수가 없었지. 전사가 만취하자 다시 섬뜩한 행악질을 시작했기 때문이었어. 나사? 맞아. 아빠에게, 나에게 나사가 빠졌다고 했지만. 주먹코전사야말로 술 취하면 나사가 다 망가져 버린 것 같았지.


　　3.

　　"일루 와, 아새끼야!"

　　매번 이렇게 시작했어. 후다닥. 벌건 눈으로 베란다의 빨랫줄을 향해 손가락을 까닥거려. 몇 병의 술을 벌컥벌컥 마셔 치운 주먹코전사가 엄마 원피스를 걷어 오라고 명령한 거지. 며칠째 빨랫줄에 널려있던, 자잘한 연분홍 꽃무늬가 예쁜 원피스. 오늘은 이 야들야들한 원피스를 가지고 뭘 하려는 걸까? 만취했을 때마다 나를 세워 놓고 황당한 요구를 했거든. 명령대로 움직이지 않으면 원투 잽을 날리는, 저 주먹!

181 　현
　피

저 눈빛! 몸이 저절로 움찔해지지. 내 행성 앞을 지나가는 이들도 상상 못할 거야. 벽 하나를 두고 이리 다른 세계가 펼쳐진다는 사실. 바깥세상 사람들은 모두 다 그렇지. 저녁때가 되면 가족끼리 김치에 밥을 먹으며, 텔레비전 보면서 그날 있었던 일을 얘기하며 행복하리라고…….

비록 자기는 그렇게 못 살더라도 다른 이들은 그렇게들 살 거라 믿어 의심치 않지. 간혹 튀어나온 타인의 불행에 혀를 차면서 자신의 행복을 안도하면서.

"야이, 아새끼야, 뭔 생각에 글케 멍해! 니도 니 에미 생각허제? 그려, 그래서 허는 말인데. 그 원피스를 입어. 그러고, 나랑 포끄 땐스를 추는 거제. 빨랑 입고 즐겁게 땐스를 추잔께. 차차차도 괜않고, 투, 쓰리, 포, 앤, 완……"

주먹코전사가 비척걸음으로 다가오자 나는 얼른 원피스를 입었어. 한 대라도 맞으면 내 손해잖아. 전사가 술 냄새를 풍기며 나에게 엉겨 붙었어. 내 손을 잡고 몸을 밀었다 당겼다 해.

"슬로우 슬로우 꿱꿱. 니 에미처럼 야들야들은 안 혀도, 흠흠 에미 향기나니까 좋아부러. 치마를 입었으면 니 에미처럼 춰야제, 뭐혀? 투, 쓰리, 포, 앤, 완…… 슬로우 슬로우 꿱꿱. 와 이리 뻣뻣헌 겨, 엉?"

빨리 몸을 움직여야지. 노래. 노래를 들어야 잘 되는데. 아이돌 가수들을 상상이라도 해볼까. 신나는 댄스곡을 생각해도, 몸매 쭉빵인 걸 그룹을 떠올려도 춤이 춰지지 않아. 망할, 몸만 부르르 떨려. 지금 혹시 길고 긴 악몽을 꾸는 중 아닐까. 숨이 막혀 전사를 확 밀쳐 버리고만 싶었지.

"이, 아새끼 좀 봐. 이것도 못혀? 고럼, 나가 룰라라 추게 해주지. 치마를 더 나풀나풀허게 찢어 불면 되제. 마를린몰러의 치맛자락처럼잉."

이 상놈의 자슥아 그래, 찢자, 가닥가닥 찢어 불자, 내뱉으며. 드드득 나이프를 빼들었어. 경박하게 침 흘리며 한손으론 원피스자락을 잡아당기고서, 원피스 꽃무늬에 칼날을 찔러 넣었어. 툭, 툭, 툭…… 행성이 빠르게 게임 속 세상으로 바뀌고 있어. 내 행성의 유일한 말벗이자 적, 주먹코전사도 점점 나와 싸워야 하는 괴물로 변신 중이야. 얼굴이 헐크처럼 되어 부릅뜬 눈알이 곧 튀어나올 것 같아.

"간단혀, 찢자. 니 애미를 그래부렀어야했는디, 그래부렀으면 일이 요 모양 요 꼴? 하, 환장허겄네. 환장하겠어. 이 원피스가 니 에미인기라 좍, 좌악……. 찢어 발겨불자. 니 에미를!"

"이 새끼야! 엄말 그렇게 하지 마! 우리 엄마를 그러면 가만 안 둘 거야!"

"어쭈, 이 새끼야? 생쑈하고 자빠졌네. 그래, 가만 안 두면 우짤 건데, 아새끼야!"

감히 엄마를 칼질해 버리겠다는 말에 분노가 폭발했나 봐. 그때 처음으로 주먹코전사를 직접 처치해 버리겠다는 생각을 했지. 그건 강한 충동이었고 나를 성가시게 하는 상황에 대한 저주에서 비롯된 것이었어! 계속 강도가 세지는 펀치와 폭언, 비열한 호의와 요구! 창밖은 어두워. 아니 먼 곳에서부터 어둠이 밀려오는 게 느껴져. 겁이 나, 그런데도 어쩐 일인지 피를 보고 싶어. 아니 피 냄새가 나는 것 같아. 결국 내가 미쳤나 봐.

"죽여 버릴 거야! 다아! 죽여 버릴 꺼야!"

"고래? 나두 그만 팍 죽고 싶으니깐, 죽여 봐라. 아새끼야! 자, 칼 여 있다. 칼을 줘도 못 받고 와 바르르 떠는데? 무섭제잉, 엉? 빨리 받으 란께!"

주먹코전사가, 아니 주먹코괴물이 비틀비틀 다가와. 다가와서는 내 손목을 확 잡더니 칼을 쥐여 주는 거야, 바르르 떨고 있는 내 손에 억 지로. 그렇게 나를 사나운 용사로 변신시켜 주었어. 지금부터 진짜 전 투야.

"저, 저리 가! 가까이 오면, 가, 가만 안 둘 거예욧!"

"하고, 하고 무서버라! 내 칼보다 니가 무서버서, 시키는 대로 다 헌 다, 혀!"

주먹코전사가 쓰러지듯 소파 앞자리에 주저앉았어. 두 팔을 세워 상 체를 받치고는 척, 고개를 뒤로 꺾어 제치고 소리쳐.

"아새끼야, 뭐하고 자빠졌냐? 자, 찔러 봐라이! 목을 백번 대 줘도 못 찌른다 니는! 칼을 내 목에 대기만 해도 나가 쇳물에 손가락을 지진다, 벌벌 떨고 있는 빙신 자슥아, 찔러 봐! 니도 니 애비랑 똑같은······"

아빠랑 똑같아? 얼굴에 피가 확 몰리는 것 같았어. 그 순간, 칼자루 를 콱 움켜쥐었지. 나도 모르게 다가가 주먹코전사의 목을 향해 칼날 을 겨누었어.

"움직이지 마! 움직이면 죽어! 죽어!"

급작스럽게 내지른 고함에 목이 콱, 막히고 온몸이 떨렸지. 그래도 손에 온힘을 그러모았어. 하지만, 하지만······. 목에다 칼을 댈 수는 없

184

었어. 게임에서처럼 피가 막막 쏟아질까 봐. 아니, 하도 떨려서. 점점 손이 아래로 처졌지. 엄마가 사내는 칼을 꺼냈으면 무라도 잘라야 한댔는데……. 맞아, 최고의 결투는 피를 안 보면서도 목적을 달성하는 거야! 한 손으로는 칼을 움켜잡고 다른 손으로 그의 가죽가방 위에 있는 차용증서를 집으려고 이를 악물었어. 내 행성을 되찾게 할 이것! 종잇장을 집었어. 그 순간 전사의 상체를 받치고 있던 한쪽 팔이 휘청 꺾였어. 두렵고 무서워져, 칼을 쥔 손이 떨려, 아니 첨부터 떨었지. 덜덜 덜…… 갑자기 전사가 기묘한 트림을 하면서 다리를 쫙 모아. 깜짝이야, 간 떨어질 뻔했네. 벌떡 일어나 내 방으로 잽싸게 달리다가 뒤돌아봤지. 뜻밖의 웃음소리가 뒤통수를 후려갈겨서!

"으하하하, 아새끼야! 기껏 고걸 훔쳐야! 나가 우습워서 돌아가시겠다잉. 좁아터진 핵교도 배짱 없어 못 댕긴 아새끼가 고걸로 뭘 헐려고? 그래도 멋져분다. 용기가 가상혀서 멋져부러! 고걸 가지고 현관문만 열어도 나가 내 대장으로 모셔분다. 모셔불어! 으하하하……"

꽝! 내 방문을 잠갔어. 칼과 차용증서를 책상 위에 던지고는 의자에 주저앉았지. 열이 나면서 몸과 정신이 어둠 속으로 한없이 꺼지는 것 같아. 죽는 게 이런 느낌 아닐까……. 주먹코전사가 문 열라고 행패부리지 않으니까, 왠지 더 힘이 빠져. 게임이 이러면 재미없는 거잖아. 그래, 아주 대놓고 비웃은 거였어. 내가 바깥세상에 못 나가는 인간이라고. 전사의 생각처럼 밖으로 못 나갈 거면서, 그럴 거잖아……. 엄마 원피스를 벗었어. 먼저 소매를 접고, 찢어진 치맛자락을 곱게 모으는데, 엄마냄새가 나. 울컥. 엄마 옷에 엎드렸어. 엄마, 엄마……

현
괴

티딩! 티딩! 티딩! 뭔 소리? 으으읍, 팔목이 저려. 나도 모르게 잠들어 꽤 잤나 봐. 밤 아홉 시가 다 된 걸 보니. 식은땀을 흘려서인지 견딜 수 없는 한기가 몰려드는 느낌이야.

걔: 야……아직도 먹통? 머하셔?

걔: 답답하네. 배고프면 라면 먹으러 와라. 끓여 줄게. 공짜는 없고, 가게 닫는 거 돕는 조건으로. 공원 연못에서 웬 남자가 자살했대서 울 엄마 거기 갔거든. 쯧쯧 혀 차면서, 운동 삼아서. 몸을 움직이지 않으면 죽은 몸뚱이라고 확인해 본대. 좀 어이없지만 울 엄마 귀엽지?

걔: 가게 문 닫고 엄마 찾으러 갈 거얌. 바람 쐴 생각 있음 나와라잉? 오버인가? 빈말……깔깔깔

누구? 웬 남자가 자살했다고? 설마 아빠는 아니겠지. 배짱 없어 자살도 못할 인간이야. 그런데 갑자기 코끝이 시큰해. 아빠랑 너무도 닮은 내 모습을 본 거지. 계속 무시해 온, 밉지만 미워할 수 없는 아빠. 왠지 불안해. 그렇다면 나아질 게 하나도 없어, 이대로 있으면……. 가서 확인이라도 해 봐야겠지.

컴퓨터 화면을 멍청히 바라본 채 바깥 소리에 귀를 기울였어. 주먹코전사의 코고는 소리가 들려. 후우- 다행이야. 의자에서 일어나자 아쩔 어지러워. 내 행성이 흔들리는 것 같아. 아니, 행성이 아니라 내가 통째로 흔들리는 것이었지. 내 속의 뭔가가 뒤집어진 듯 강한데, 모든 게 꿈인 것 같은데……. 칼과 차용증서가 있는 걸 보니 아까 일이 떠

올랐어. 얼른 종잇장만 주워들었지. 그러고는 거실로 나와 주먹코전사를 바라봤어. 저어 전사, 괴물 아저씨가 소파 앞자리에서 새우처럼 등을 구부리고 그르렁그르렁 코를 골아. 업어 가도 모를 정도로 깊이 잠든 거야. 인제는 흔들어 깨워 보지 않아도 알 수 있어, 코 고는 소리만으로도.

전사를 노려보면서 그 곁에 한참을 서 있었지. 가슴에 바위를 올려놓은 듯 숨도 쉴 수가 없어. 후우, 후우, 한숨을 토해 냈어. 종잇장 하나가 내 행성을 이토록 짓밟고, 빼앗아 갈 수 있다니……. 차용증을 보자 순간 내 행성을 되찾았다는 성취의 쾌감이 밀려든 것도 사실이야. 하지만 그래도 가슴이 답답하고 무거워. 차용증서라는 종잇장을 든 두 손이 바르르 떨려. 침을 꼴깍 삼켰어. 이딴 거 아무것도 아닌, 종잇조각을 쫙쫙 찢어 씹어 삼켜 버려도 시원찮을 것 같아. 하지만 그냥 주먹코전사에게 던져 버렸지. 왜냐,

바깥세상이나 내 행성이나 똑같잖아 이젠! 어디에 있든 뭔 상관있나.

하지만, 두려워.

바깥세상으로 나가는 것도, 더는 예전의 행성이 아닌 내 행성에 죽치고 있는 것도……. 그러므로 더 나가 봐야겠지. 걔 엄마가 그랬다잖아, 산다는 건 움직이는 거라고! 근데, 내 신발이 어디 있지? 신발장 안에 있나 봐. 찾기가 귀찮아, 아빠의 운동화에 발을 집어넣었어. 조금 큰 듯하지만 걸을 만해. 문득 주머니에 손을 집어넣었지, 로또 복권이 손끝에 잡혀서 끌리듯 만지작거려. 이러는 내가 유치해, 하지만 어쩌라고……. 별수 없잖아.

딸깍. 열쇠를 풀고 조금, 아주 조금 문을 열었어. 작은 틈 사이로 들어오는 공기가 차갑고도 눅눅하게 느껴져. 현관문을 조금 더 열다가 가만히 내 행성을 뒤돌아봤어. 갑자기 눈앞이 흐려지더니 눈물이 줄줄 새어 나와. 자꾸만, 자꾸만.

**정미**

하루를 물끄러미 들여다본다. 웃음보다 우울함이 많고 우울함보다는 꿈이 많다. 문득 귀에 꽂히는 음악, 비바람 치는 날씨, 깔깔거리게도 흑흑 울리기도 하는 글. 내 영혼을 흔들어 놓곤 하는 3요소… 블루마운틴이라는 커피에 기대어 평정을 되찾는다. 1% 가능성 믿고 꾸는 '건너편 지향'으로의 꿈꾸기, 꿈과 리얼리즘 사이에서 늘 미화되는 인생! 쉬잇 쉬… 산다는 것의 이상하고도 신비한 진실이다. 그렇게 보였다가 안 보였다가, 하는 나! 그렇게 떠도는 우리들의… 어쩌고저쩌고!!
무등일보 신춘문예에 당선되어 작품 활동을 시작했고, 2009년 아테나 아동문학상 대상을 수상했으며, 수상 작품인 『이대로도 괜찮아』와 『가난한 시인의 노래』(3인집) 등을 펴냈습니다.

가슴 펴고 나와 봐라 좀!

● 1. 소설 속 '나'는 온갖 극적인 사건들에 휘말립니다. '나'의 입장에 되어 각 상황에서 어떤 감정을 느꼈을지, 또 얼마나 격한 감정의 변화를 느꼈을지 표시해 봅시다.

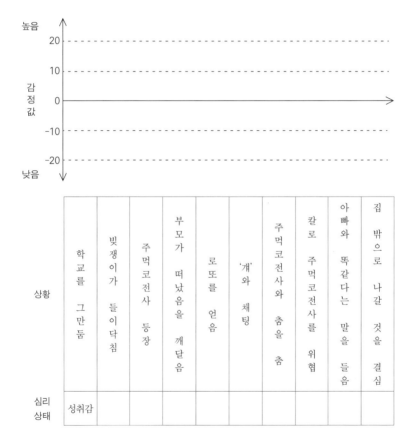

| 상황 | 학교를 그만둠 | 빚쟁이가 들이닥침 | 주먹코전사 등장 | 부모가 떠났음을 깨달음 | 로또를 얻음 | '개'와 채팅 | 주먹코전사와 춤을 춤 | 칼로 주먹코전사를 위협 | 아빠와 똑같다는 말을 들음 | 집 밖으로 나갈 것을 결심 |
|---|---|---|---|---|---|---|---|---|---|---|
| 심리 상태 | 성취감 | | | | | | | | | |

2. '나'와 '주먹코 전사'는 너무나 다르지만 두 사람 모두 세상 속에서 실패를 경험했다는 묘한 공통점이 있습니다. 두 사람의 공통점과 차이점을 정리해 봅시다.

3. 주인공에게는 '자신의 방'과 '게임'으로 한정된 세상(행성)이 있습니다. 여러분도 편안하게 쉴 수 있고 때론 힘이 들거나 괴로울 때 숨을 수 있는 '행성'이 있나요? 있다면 그곳은 어떤 곳인가요? 어떤 사람들, 어떤 장소, 어떤 것들로 이루어져 있는지 여러분의 행성을 그려 봅시다.

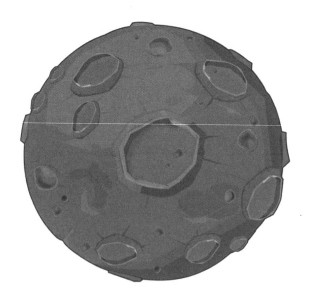

**4. 여러분은 실패하거나 좌절할 때 어떻게 행동하고 해결하려고 하나요? 다음 질문을 읽어 보고 나의 행동과 비슷하다고 생각하는 만큼 색칠해 봅시다.**

| | |
|---|---|
| 어떻게든 내 힘으로 해결해 보려고 노력한다. | ☆☆☆☆☆ |
| 내 뜻을 굽히고 상대방 뜻에 맞춘다. | ◇◇◇◇◇ |
| 내 운명이거니 생각하면서 받아들인다. | ♡♡♡♡♡ |
| 다른 사람의 도움을 받아서라도 해결하려고 한다. | ☆☆☆☆☆ |
| 스스로는 해결하기 힘들어 다른 사람들이 하는 대로 따라 한다. | ◇◇◇◇◇ |
| 엉뚱한 생각으로 시간을 보낸다. | ♡♡♡♡♡ |
| 여러 가지 융통성 있는 해결 방안을 찾아 본다. | ☆☆☆☆☆ |
| 더 곤란한 처지에 있는 사람과 비교하며 위안받는다. | ◇◇◇◇◇ |
| 만사가 귀찮아져서 잠이나 잔다. | ♡♡♡♡♡ |
| 상황에 대처하기 위해 적극적으로 행동한다. | ☆☆☆☆☆ |
| 나 대신 다른 사람이 해결해 주기를 바란다. | ◇◇◇◇◇ |
| 내가 할 수 있는 일이 없으니 내버려 둔다. | ♡♡♡♡♡ |
| 문제를 해결하기 위한 여러 가지 방법을 고민해 본다. | ☆☆☆☆☆ |
| 별 행동은 하지 않지만 열심히 고민한다. | ◇◇◇◇◇ |
| 기적이 일어나 그 문제가 없어지길 바란다. | ♡♡♡♡♡ |
| 다음에는 비슷한 일이 생기지 않도록 노력한다. | ☆☆☆☆☆ |
| 나 자신을 탓한다. | ◇◇◇◇◇ |
| 기도를 한다. | ♡♡♡♡♡ |
| 문제가 자연스럽게 해결되기를 바란다. | ◇◇◇◇◇ |
| 비슷한 일이 있었을 때 대처한 방식을 기억해 내서 해결한다. | ☆☆☆☆☆ |
| 문제 상황을 잊기 위해 다른 일에 몰두한다. | ♡♡♡♡♡ |

현피

색칠한 그림의 개수를 비교해 봅시다.

☆ : ____개    ◇ : ____개    ♡ : ____개

어떤 그림이 제일 많은가요? 가장 많이 나온 그림이 바로 여러분과 가장
가까운 모습입니다!

☆ : 능동적 대처형

실패나 좌절을 겪었을 때 자신의 힘으로 그 상황에서 벗어나기 위해 적극
적으로 노력하는 타입입니다. 상황을 나아지게 하려는 노력도 노력이지만,
무엇보다 스스로의 힘을 믿는 자세를 보여 주는군요!

◇ : 수동적 대처형

실패나 좌절을 겪었을 때 그 상황에서 벗어나기 위해 노력하지만 자기 스
스로의 힘으로 해결하려는 의지가 약간 부족한 타입입니다. 마음 한켠에
상황으로부터 벗어나고 싶은 마음이 있는 건 아닐까요?

♡ : 현실 회피형

실패나 좌절을 겪었을 때 다른 곳에 관심을 쏟아 외면하거나 저절로 일이
해결되기를 바라는 타입입니다. 혹시 상황 자체를 받아들이지 못하는 건 아
닐까요?

● 5. 우리들은 모두 세상이나 사람들로부터 실패하고 상처받았을 때, 소설 속 '나'처럼 '행
● 성'으로 숨어 버리거나 채팅이나 게임을 하면서 현실을 외면하려는 경향이 있습니다. 이
● 런 성향에 대해 심리학적으로 분석한 다음 글을 읽고, 외부의 상처에 대응하는 여러분의

**심리 상태는 다음 중 어디에 해당하는지 이야기해 봅시다.**

'방어기제'란 마음속에서 적개심이나 분노와 같은 다양한 충동들이 일어날 때, 혹은 외부로부터 심리적인 위협을 받았을 때 우리가 스스로의 마음을 다스리기 위해 사용하는 것입니다.

1. 억압 : 고통스러운 기억이나 괴로웠던 갈등 상황을 잊기 위해 무작정 마음속에 묻어 두는 것.

    예) 어릴 때 겪었던 트라우마를 기억하지 못하는 경우.

2. 합리화 : 문제에 대해 자책감이나 죄책감을 느끼지 않기 위해 무의식적으로 정당화하려는 것.

    예) 이성 친구에게 실연당했을 때 자신이 그 친구를 별로 좋아하지도 않았고 오히려 헤어지려 하던 중이었다고 생각하면서 마음을 달래는 경우.

3. 반동 형성 : 속마음과 전혀 다른 행동을 해 자신의 욕구나 충동을 가리는 것.

    예) 싫어하는 친구에게 오히려 지나치게 친절하게 행동하는 경우.

4. 회피 : 두려운 상황이나 마주치고 싶지 않은 상황을 피하는 것.

    예) 좋은 성적을 받지 못한 성적표를 부모님께 보이지 않기 위해 성적표가 아직 나오지 않았다고 거짓말하는 경우.

5. 치환 : 해소하지 못한 불안한 감정을 비교적 안전한 상대에게서 해소하는 것.

    예) 학교에서 선생님이나 친구로부터 받은 스트레스를 가족이나 애완동물에게 푸는 경우.

6. 부정 : 상황을 받아들이는 것이 너무 괴로워 무의식적으로 부정하는 것.

현
피

예) 시험을 생각했던 것보다 너무 못 봤을 때 현실이 아니라 꿈이라고 생각하는 경우.

7. 취소 : 후회스럽고 괴로웠던 경험을 원래 상태로 되돌려 지우기 위해 특정한 행동에 몰두하는 것.

예) 성폭력을 당했던 사람이 강박적으로 손을 씻는 경우.

8. 승화 : 긍정적인 방어기제. 수용하기 어려운 무의식적인 충동을 예술과 같이 사회적으로 문제되지 않는 방식으로 풀어내는 것.

예) 친구에게 주먹질하고 싶은 마음을 운동으로 해소하는 경우.

9. 유머 : 긍정적인 방어기제. 분위기를 띄우거나 상황을 회화화하며 갈등을 무마하는 것.

예) 친구들이 싸우고 나서 냉랭할 때 사이를 풀어 주기 위해 농담을 건네는 경우.


**6. 다음은 영화 〈김씨 표류기〉의 줄거리입니다. 남자 주인공과 여자 주인공이 세상에서 실패하고 자신들만의 세상에 틀어박혔었지만 비로소 세상 밖으로 한 걸음 내디딘 모습을 보며, 좌절한 상황을 헤쳐 나갈 수 있는 용기에 대해 생각해 봅시다.**

영화 속 주인공 남자 김 씨, 여자 김 씨는 세상에 시달리며 기쁨과 즐거움을 잃어버린 채 무기력하게 살아가는 사람들이다. 회사에서 무능하고 눈치 없는 사람으로 취급받는 남자 김 씨는 여자 친구에게 버림받은 데다 빚 때문에 신용불량자가 되자 한강에서 자살을 시도한다. 그러나 자살에 실패하고 한강 밤섬에 표류, 무인도인 밤섬에서 로빈슨 크루소처럼 살기로 결심한다. 얼굴에 난 흉터 때문에 왕따를 당하고 대인기피증이 생긴 여자 김 씨는 집 밖으로 나가기는커녕 방문을 잠그고 엄마와도 문자로만 대화하며 인터넷 미니홈피에 가짜 삶을 올리며 살아간다. 거리에 사람이 없는 민방위 훈련 날에만 망원 카메라로 창 밖 풍경을 찍던 여자 김 씨는 우연히 밤섬에서 혼자 살아가는 남자 김 씨를 발견한다.

남자 김 씨가 궁금해진 여자 김 씨는 병에 편지를 넣어 남자 김 씨에게 흘려보내고, 남자 김 씨는 강변에 글씨를 써 답을 하면서 두 사람은 서로 소통을 시작한다. 남자 김 씨는 자장면을 먹기 위해 새똥에서 면을 만들 수 있는 씨앗을 찾아 농사를 짓는 등 열심히 삶을 꾸려가고, 이 모습을 지켜보던 여자 김 씨는 쓰레기 같은 자기 방에서 옥수수를 키우는 등 둘은 서로에게서 위안을 얻는다. 그러나 남자 김 씨가 여자 김 씨를 만나고 싶다는 의사를 전하자 가상 공간에서만 살아온 여자 김 씨는 다시 자신의 방으로 숨어버리고 만다.

그러던 어느 날 태풍이 지나간 뒤 밤섬을 살피러 온 공무원들에 의해 남자 김 씨는 밤섬에서 쫓겨나고 만다. 아직 세상에 나올 자신이 없던 남자 김 씨는 다시 자살하기 위해 63빌딩으로 향하고, 그런 김 씨를 본 여자 김 씨는 그를 위해 용기를 내어 방문을 열고 밖으로 나온다. 헤매던 두 사람이 버스 안에서 서로 만나 이름을 묻고 악수를 나누며 영화는 끝난다. 물론 두 사람이 손을 잡았다고 해서 모든 문제가 해결된 것은 아니지만, 작고 따뜻한 소통이 마음의 문을 열어 두 김 씨가 세상 밖으로 나오는 첫 발자국을 뗄 수 있도록 도와주었던 것이다.